L'HÔTEL DU PETIT PARIS

Pierre METZNER

L'HÔTEL DU PETIT PARIS

Roman

Les Editions La Gauloise
Série : Roman court

Copyright 2023 – Les éditions La Gauloise
2474 avenue Emile Hugues, 06140 Vence
ISBN : 978-2-38353- 038- 1
ISSN ; 2677-4887
L'Hôtel du petit Paris

Y en a qui vivent tranquillement sans souci, sans angoisse, assis dans leur fauteuil, bien peinards, devant leur télé, le verre à la main. Mais un jour tout bascule et ils se retrouvent le bec dans l'eau. Alors, mes chers amis, ne soyez pas surpris, si le destin, un jour, vous joue un tour de vache. Préparez-vous et :

ATTENDEZ-VOUS À TOUT !

Ok ? Des questions ? Non ? Alors, rompez !

Professeur Casimir Smiley

1

Tout va à merveille pour Monty ! Un boulot gratifiant ! Un appartement classe ! Une voiture flambant neuve !

Et surtout, il y a Mona ! Mona qui est là, couchée dans le lit, encore endormie. Il s'approche, et debout, tasse à la main, la contemple. Mona est une rousse de trente ans, sans éphélides (à l'exception de quelques taches dans la région sous-claviculaire), à l'épaule tatouée d'un joli attrape-rêve (reproduction de celui que ses parents avaient accroché au-dessus de son lit d'enfant), à la chevelure fauve aux longues mèches parcourues de reflets orange et aux yeux dorés cerclés de noir qui luisent sous l'éclairage des luminaires et des lampes : des yeux qui interpellent alors comme ceux des félins.

Elle est couchée sur le côté, les jambes repliées, la tête posée sur l'oreiller, les mains fermées, effleurant le menton et la bouche, ses longs cheveux étalés sur les draps dégageant complètement son visage. Et voilà qu'enfin elle lui a dit oui ! Oui pour s'installer avec lui ! Oui pour vivre avec lui !

Alors, en ce dimanche matin ensoleillé, tout va à merveille et il tutoie le ciel, les étoiles et les anges !

« Top of the world, Ma ! »

Mais Mona se réveille, ses yeux s'allument, son visage s'éclaire et elle lui sourit

- Quelle heure est-il ? demande-t-elle.
- Neuf heures passées... t'as bien dormi ?
- Oui, dit-elle en s'étirant.
- Tu veux que je te fasse un café ?
-Oui, s'il te plaît... mais d'abord, je vais prendre une douche.

Elle repousse le drap, se lève, se blottit dans ses bras, pose sa tête sur son épaule.

- Monty : « Ça te dit de manger à midi aux « Nations » ?
- Si tu veux.
- Alors je téléphone à Arnaud.

Le « Bar-Restaurant les Nations » est un petit restau de quartier où ils déjeunent souvent le dimanche en compagnie d'Arnaud et de Charline. Et pendant que Mona se prépare dans la salle de bains, Monty s'occupe du petit-déj, puis pousse la baie vitrée du salon et tout en faisant quelques pas dans le petit jardin embaumé téléphone à Arnaud   Mais ce coup de fil fut une erreur, une grave erreur.

******

Le « Bar-Restaurant des Nations » accueille principalement des habitués du cru mais aussi des touristes en vadrouille, plus nombreux quand la saison bat son plein. Le patron, emporté par un bel élan humaniste, l'avait d'abord baptisé « Bar-Restaurant Des Nations Unies », mais revenu bientôt de sa naïveté surprenante, il le rebaptisa plus sobrement « Bar-Restaurant des Nations ». L'établissement comprend deux salles : dans la première se trouvent le coin tabac avec ses rangées de cigarettes et ses jeux de hasard puis le bar avec sa machine à café, ses pompes à bière à colonnes chromées et ses étagères chargées de bouteilles. Au bout du comptoir, en enjambant une estrade, on passe à l'espace PMU et à gauche du comptoir, on accède à la salle de restaurant, une grande arrière-salle aux murs décorés de peintures du genre naïf, toiles peintes par le fils du patron.

Le patron est un homme affable et enjoué d'une cinquantaine d'années : paupières lourdes, joues pendantes, moustache en fer à cheval. Quant à la patronne, tout aussi aimable et souriante, elle aurait pu, vu ses formes généreuses et ses joues empourprées, servir de modèle à Fragonard, le célèbre peintre

- Vos amis sont déjà là, dit le patron en accueillant Mona et Monty... je vous ai installés à une table en face du bar car la salle du restaurant est réservée aux joueurs de belote, concours oblige.

- Ok, pas de problème, répond Monty.

Mona et Monty s'asseyent en face de Charline et d'Arnaud. Arnaud est un vieil ami de Monty. Ils ont grandi tous les deux à la cité des Fleurs, un des deux ensembles d'HLM dits sensibles de la ville, ont fait les 400 coups ensemble et se sont assagis quand ils ont connu leurs copines respectives.

Arnaud est un solide gaillard redouté dans le quartier, pratiquant l'haltérophilie et la boxe et n'ayant jamais hésité, dans le temps, à exhiber ses dons de pugiliste quand on lui cherchait des noises. Quant à Charline, c'est une petite brune aux cheveux mi-longs et aux mèches frisées, en forme de tire-bouchon, dispersées sur le front, du genre plutôt réservé, voire introverti, issue d'une famille éclatée, fugueuse dans son adolescence, qui était à la rue quand elle a connu Arnaud qui l'a aussitôt ramenée chez lui dans son immeuble à l'entrée couverte de graffitis, puis, quelque temps plus tard, à la mairie, salle des mariages où ils ont signé, en compagnie des témoins (l'un était le charcutier-traiteur de la place de la Gerbe, l'autre Monty, natif de Saint-Étienne, place Sainte-Barbe), le registre de leur mariage devant l'homme à l'écharpe tricolore qui déclara qu'il était ravi de procéder à leur union civile sous l'égide protectrice de la République.

Après avoir bu l'apéro, ils déjeunent tous les quatre dans la bonne humeur puis Arnaud, cheveux lustrés par le gel capillaire, veste à franges style country western, jean délavé, réclame le silence car il a une grande nouvelle à annoncer à la tablée et, après un sourire attendrissant à Charline, il apprend à Mona et Monty que la petite brune aux cheveux frisés et au nez joliment épaté est en cloque ! On s'étonne, on s'écrie, on congratule ! Et on commande une nouvelle bouteille !

Et c'est quand le patron leur offre le café et le digestif qu'ils sont distraits par un bruit de pétarade : en effet, par la devanture vitrée qui donne sur une petite ruelle, ils aperçoivent quelques motards qui garent leurs engins en face du restau.

Les bikers s'arrachent de leurs montures à deux roues, des somptueuses Harley, se décasquent puis se dirigent vers la porte d'entrée du restau. Un premier motard tout vêtu de cuir noir pénètre dans le bar. Il est grand, mince, costaud, traits réguliers, regard clair, cheveux noirs : impressionnant. Et beau.

Il est suivi d'une femme : visage ovale, chevelure couleur miel, yeux bleu ciel, nez droit, lèvres pleines. Un pantalon serré modèle ses hanches, un sous-pull court moule sa poitrine, un bijou décore son nombril.

Trois autres motards pénètrent à leur tour dans le bar, tous grands et costauds, tatoués, qui d'un aigle, d'un loup, d'une tête de mort. Tous les regards convergent vers le premier motard entré et le fixent un instant. Le silence s'installe et on n'entend plus que la rumeur étouffée des joueurs de belote de l'arrière-salle. On dévisage, intrigué, le nouvel arrivant puis la femme et les trois autres motards, tous inconnus au bataillon. Les têtes se détournent bientôt et le brouhaha des conversations, des interpellations, des rires reprend.

Le premier motard commande à boire puis verre à la main, se retourne et jette un œil dans la salle. Son regard croise et s'attarde un instant sur celui de Mona. Puis il esquisse un sourire et Mona, gênée mais éblouie, les joues rosies, lui rend timidement son sourire.

Monty :

- Tu le connais, ce type ?

- Non, finit-elle par dire.

Elle saisit la salière, la retourne :

- Mais qu'est-ce que tu fais ? s'écrie Monty, tu sales ton café maintenant ?

Embarrassée, elle repose la salière. Arnaud se retourne et jette un œil au motard, à la femme et aux autres bikers aux crânes recouverts de bandanas.

- Sont pas du quartier, dit-il.

Monty : « Avec les engins qu'ils montent, ça m'étonnerait... » Mais les motards ne s'attardent pas, ils vident leurs verres, quittent le bar et enfourchent leurs grosses cylindrées. La belle blonde endosse un perfecto, monte à califourchon sur l'engin de l'Adonis qui, après avoir remonté la fermeture éclair de son blouson, jette un dernier coup d'œil à Mona. Puis il enfile des gants et rabat la visière de son casque.

- Se prend pour Robocop, le gus ! ironise Arnaud.

Le motard met sa monture rutilante en route, roule, puis disparaît, suivi des autres bikers. Après cette interruption remarquée, la salle reprend une activité normale.

- Si on allait faire une petite promenade digestive, propose Arnaud.

Ils règlent l'addition et sortent. Ils déambulent par les rues ensoleillées, s'arrêtent un instant près d'un boulodrome, contemplent les joueurs puis reprennent leur balade dominicale. Chaque fois qu'ils passent devant une agence immobilière (avec les banques, ce n'est pas ce qui manque), Arnaud consulte les affichettes de location car il est bien déterminé, maintenant qu'il va être papa, à quitter son quartier craignos.

- T'as vu Charline, dit-il, ce petit trois pièces a l'air pas mal du tout. Et il note le numéro de téléphone de l'agence.

- Demain, je les appelle !

Ils se retrouvent bientôt dans un quartier résidentiel de la ville, chic et tranquille où se dressent, dans la verdure, de belles demeures luxueuses, souvent agrémentées de piscines. Arnaud contemple une très jolie maison de style provençale, aux volets bleus percés d'ouvertures en forme de cœur et au petit jardin fleuri entouré de balustres de pierre blanche. Il hoche la tête, rêveur.

- Il doit faire bon vivre là-dedans...

Ils arrivent bientôt au centre-ville, longent le théâtre municipal et un immeuble imposant fait de grandes baies de verre, au toit recouvert de panneaux solaires : le Centre culturel, puis vadrouillent encore un moment le long d'une des avenues principales de la ville et terminent leur promenade en faisant une halte dans une crêperie.

Et voilà, après avoir passé une bonne journée, ils se séparent en se promettant de se revoir aux « Nations » un de ces dimanches.

Et chacun rentre chez soi…

Et sur la route du retour, Monty observe Mona, une Mona silencieuse, absente, perdue dans ses pensées.

2

Rien ne va plus pour Monty !

Affalé dans le canapé du salon, il reste songeur, les traits figés, en proie à une marée montante d'idées noires. Il pense à Mona. Mona qui n'est plus la même depuis ce repas aux « Nations ». Elle, si réservée, calme et attentionnée, toujours à l'écoute et toujours d'humeur égale, la voilà à présent, ou pensive, l'air égaré, ou nerveuse, l'air irrité. Et indifférente à tout ce qui l'intéressait quelques jours encore auparavant : le cinéma, la musique, le sport, le travail. Même sa prestigieuse collection de cartes postales anciennes ne l'emballe plus. Que lui arrive-t-il ? Regrette-t-elle de lui avoir dit « oui » ?

Arrête de te voiler la face, se dit-il, dépité, tout son comportement ces derniers jours la trahit : Mona est amoureuse ! Amoureuse, et pas de toi. Il la revoit au restau des « Nations », étrangement émue par le regard que lui avait jeté le motard à la belle gueule. Et troublée au point qu'elle avait failli saler son café : voilà un symptôme de ce qu'il appelle maintenant « son coup de foudre » ! Et cet air béat, ces étoiles dans ses yeux quand elle le regardait, ne sont-ce pas encore des symptômes accusateurs ?

« Un seul regard suffit parfois pour tout changer, c'est ça la magie de l'amour ! » avait-il lu dans un magazine. La magie de l'amour, mon cul, oui ! Quoi ? Un seul regard peut tout changer ? Bouleverser une vie, comme ça, en un instant ? Dans les romances sentimentales, dans les films hollywoodiens, peut-être !

Il s'arrache d'un bond du canapé, tourne en rond dans le salon, va dans la cuisine, s'arrête et contemple le frigo où sont affichés quelques pense-bêtes de Mona : « Ramener la voiture au contrôle technique », « téléphoner au dentiste », « s'occuper des pots de fleurs de Maman », « remplir la déclaration d'impôts ».

Il fait demi-tour, retourne au salon, allume machinalement la télé. Il reste planté devant l'appareil, regarde l'écran, pensif : un homme politique qui n'épargne pas les formules à la mode prend la parole et déclare que ça fait longtemps qu'il sonne le tocsin et qu'il faut à présent changer de braquet, mettre le couvercle sur la marmite et replacer l'église au cœur du village car, affirme-t-il, nous sommes au bord de la falaise.

- Donc, il faut d'après vous, relève le journaliste en allant sur les brisées de l'élu, renverser la table et remettre la main sur le volant de la voiture ?

- Absolument, et en urgence, car il y a trop de trous dans la raquette… »

Oui, t'as raison, mon gars, des trous dans la raquette, il y en a, et peut-être même des gros, des très gros, se dit Monty. Il éteint le poste, pousse un long soupir, puis réfléchit : « Bon, faudrait peut-être réagir à présent car rien ne prouve pour le moment que Mona soit tombée dans les bras de ce type, même si elle a flashé sur lui, ok ? »

Comme elle lui a dit qu'elle dormirait ce soir dans son appart, il décide de l'attendre à la sortie de son boulot. Rien n'est encore perdu, murmure-t-il pour s'encourager. Apaisé, il passe à la douche puis téléphone à son fleuriste. Comme la rose est la fleur préférée de Mona, il lui arrive, de temps en temps, d'en commander quelques-unes, et le commerçant en a de très belles, des roses baccara.

- Je vous les mets de côté » dit-il.

Puis Monty s'habille, enfile la belle chemise bleue que la rousse lui a offerte puis une légère veste d'été et quitte l'appartement. Il passe devant la grande glace du hall, s'arrête, jette un œil à sa tenue puis, les traits encore brouillés par ses cogitations alarmistes, se passe les mains sur le visage et sort de l'immeuble.

Le voilà dans la rue. Il part à pied et se rend au centre-ville, à la banque, rue Edith Cavell, où Mona travaille. En chemin, il s'arrête chez le fleuriste, ressort avec les roses à longues tiges et aux pétales d'un rouge profond. Il est seize heures trente quand il arrive près de la banque. Soudain, arrivé au coin de la rue, il se fige.

Ah, la male heure !

Mona n'est pas seule. Le beau motard est là, près d'elle, sur le trottoir, à la sortie de la banque. Il se penche vers elle, elle noue ses bras autour de son cou et ils s'embrassent à pleine bouche. Puis ils discutent un court moment et s'en vont, bras dessus, bras dessous en bavardant et en riant.

Et Monty les regarde s'éloigner le cœur en torche avec la sensation qu'une lame de fond le submerge !

Ah, la claque ! Le coup de massue !

Ah, la terrible déception !

Alors que tout lui souriait, qu'il avait un nouvel appartement, un travail à l'année et que Mona vivait enfin avec lui ! Vlan ! Voilà que tout s'écroule ! Envolées ses belles espérances ! Balayés ses tendres projets ! Ah, c'était trop beau pour être vrai ! Chienne de vie, va ! Et c'est quand tout va bien et qu'on s'y attend le moins, que le destin, ce FDP, vous joue un tour à sa façon !

Bienvenue dans la vraie vie ! « Bottom of the world, Ma ! »

« C'est pas vrai, Mona, ma Mona, avec ce type ! » se lamente-t-il. « Elle, si douce, si tendre, si délicate ! Entre autres ! Et si sensible, si gracieuse, si attachante ! Et discrète ! Et désintéressée ! Avec ce bellâtre ! Ce frimeur ! Ce rouleur de mécaniques ! Ah, je le savais, ah, je le pressentais ! »

Certes, il n'est pas arrivé, ce poseur, comme un prince charmant sur son beau cheval blanc mais sur une superbe et étincelante Harley-Davidson ! De quoi faire tourner la tête à la première minette venue ! Mais certainement pas à Mona qui a horreur de la mécanique !

Alors ?

Alors résigné, désemparé, meurtri, il finit par faire demi-tour, déambule, le cœur gros, entre les silhouettes mouvantes des passants ! Dans le vacarme de la rue ! Le hurlement des sirènes ! Les halètements des voitures ! Qui klaxonnent ! Qui freinent ! Qui s'arrêtent ! Qui redémarrent ! Comme un arrêt sur image au cinéma, il revoit le biker embrassant Mona. Et d'autres images encore, comme en surimpression : elle, lui souriant, lui, la prenant par la main ! Et tous les deux s'en allant bras dessus bras dessous, comme des amoureux !

Nom de Dieu, c'est pas vrai, Mona, ma Mona, avec ce type ! répète-t-il.

Alors, il lâche la bride à son imagination, n'épargne pas son rival, l'accable des pires défauts :

« Oh, Mona, fais gaffe, fais gaffe ! C'est peut-être un alcoolique, un drogué, un voyou ! Fais gaffe, Mona, car je t'aime, je t'aime pour de vrai, moi ! » Il ne ressent ni jalousie, ni colère, ni rancune. Et comment pourrait-il en ressentir ? Comment pourrait-il en vouloir à Mona ! Ne lui a-t-elle pas donné ses plus beaux moments de joie et de bonheur ? Ce qu'il ressent, c'est une peine diffuse, une sensation de pesanteur qui s'accroît, l'envahit, l'enveloppe et embrume ses pensées. Alors, comme alourdi par son chagrin, il marche un moment le long des rues, au hasard, charrié par la foule.

Il s'engouffre dans un bar, commande un cognac. L'alcool lui brûle la gorge. Il sent le liquide glisser de long de son œsophage, embraser sa poitrine. À la tienne, eh cocu ! Et il en commande un autre espérant que le breuvage allège quelque peu ce poids qui lui comprime la poitrine.

Il sort, pousse la grille d'un parc. Un banc libre s'offre à sa vue. Il s'assoit, pose les roses à côté de lui. Les oiseaux gazouillent à cœur-joie dans les arbres, les pigeons se dandinent au sol en picorant les miettes de pain que leur balance un homme, des femmes bavardent en jetant de brefs coups d'œil à des enfants qui, émoustillés par les rayons du soleil, s'ébattent en s'interpellant dans les allées et les aires de jeu bordées de massifs de fleurs. Et il les considère tristement. Avoir le cœur crevé quand le ciel est si bleu et le soleil si radieux Et maintenant, que faire ?

Rentrer à la maison ? Tourner en rond dans le trois pièces en remâchant sa désillusion ? Il n'en est pas question. Il se lève et s'éloigne sous le soleil implacable.

- Hep, monsieur ! crie une voix derrière lui.

Il se retourne.

- Vous oubliez vos fleurs, dit un homme qui tient une canne à la main.

- Je n'en ai plus besoin, rétorque Monty d'une voix sombre... vous pouvez les garder si vous voulez, mon amie vient de me quitter.

- Plaise au ciel que ma femme en fasse autant ! répond l'homme. Hélas, déplore-t-il, elle ne l'a jamais fait et cela fait des années que je vis avec et croyez-moi, ce n'est pas une sinécure... dites-donc, jeune homme, une nouvelle pareille, cela s'arrose... venez, je vous offre un verre.

3

Monty, interloqué, hésite puis fait un signe d'assentiment. « Dans l'état où je suis, autant accepter au lieu de traîner sans but par les rues... »

- Si vous voulez, finit-il par dire.

-. Vous ne récupérez pas vos fleurs ?

Monty hausse les épaules et, sortant lentement de son apathie douloureuse, considère l'homme : il a la cinquantaine fringante, est ventru, trapu, bossu. Il est vêtu avec soin, porte un costume de belle coupe, un prince de Galles qui d'ailleurs ne lui messied pas (comme dirait madame Lecoin, la fripière du quartier), a une cravate rayée sur une fine chemise pervenche (Monty ne porte jamais de cravate et a toujours le col plus ou moins ouvert) et il arbore des chaussures impeccablement cirées (ce qui n'est pas le cas de Monty qui n'en a rien à cirer, du moment que les siennes sont présentables, hein, quoi, merde, et puis la mode, il est vrai, est en ce moment au débraillé, au débraillé grunge, alors qu'importe !) et si l'homme dont on aperçoit la montre à gousset dans la poche de son gilet se déplace avec une canne, une belle canne ciselée à pommeau doré, c'est peut-être, pense Monty, par coquetterie comme le faisaient les dandys jadis car il semble n'avoir aucun problème de locomotion, à moins qu'il ne se prenne pour Louis XIV vadrouillant dans les jardins à jets d'eau du château de Versailles entouré de ses courtisanes et courtisans.

Les deux hommes quittent le square, pénètrent dans le premier bar venu, celui qui se trouve opportunément en face du parc, de l'autre côté de la rue tandis qu'un type, porteur de jumelles autour du cou, s'empare des fleurs laissées sur le banc, grimpe sur une bicyclette, quitte le parc et disparaît à grands coups de pédales dans le flot des voitures. Ils commandent à boire et après quelques propos de courtoisie passe-partout, l'homme aux manières étudiées, aux fringues soignées, au langage châtié et à la gibbosité porte-bonheur, se lance dans une métaphore pompeuse :

- L'amour, cite-t-il en s'installant sur un tabouret, est un vase où sifflent les serpents de la haine.

Peut-être, pense Monty, mais il n'est pas de cet avis, d'abord parce qu'il n'éprouve aucun ressentiment et ensuite, parce qu'il ne veut pas entrer dans ce débat.

- Vous parlez comme un homme de lettres, dit-il après un silence, histoire d'alimenter la conversation tout en restant, lui aussi, dans l'emphase.

- Je le suis, admet l'homme.

-. Fichtre !

- Mais homme de lettres est peut-être exagéré... je suis plutôt romancier.

- Mais y a pas de mal, concède Monty.

- Que voulez-vous, personne n'est parfait, déplore-t-il.

- Vous êtes tout excusé... un romancier, un vrai ?

- Oui, oui, un vrai, qui écrit et même beaucoup.

- C'est la première fois que j'en vois un, fait Monty dont le visage se déride un brin.

- Mais je ne fais pas dans la grande littérature.

- Vous me rassurez.

- Dieu m'en préserve ! J'écris ce qu'on appelle des romans à l'eau de rose.

L'homme de plume saisit son verre, goûte le breuvage, grimace : - Ce cognac n'est pas de première qualité... Monty goûte le sien et remarque que le romancier porte une chemise griffée avec un petit logo représentant un œil ressemblant à l'œil d'Horus.

- Effectivement, consent-il pour faire plaisir à l'écrivain.

- Venez, propose l'écrivain, allons déguster un vieil armagnac chez moi, vous m'en direz des nouvelles... Et voyant la mine indécise de Monty : J'habite juste à côté, « Place de l'Andouille Véritable » et nous serons tranquilles d'autant plus que ma femme est partie voir son psychologue et, entre nous, elle a diablement bien fait.

Ils sortent de la brasserie et après avoir fait quelques pas, l'écrivain s'arrête devant un homme, assis sur le trottoir et qui tient une pancarte à la main : « Je m'appelle Serge, j'ai 25 ans, un petit garçon de 3 ans et je suis sans emploi. Ma femme m'a quitté et si je n'avais pas mon petit bout de zan, je ne serais pas assis là à tendre la main. Aidez-nous, s'il vous plaît. Je vous remercie d'avance de votre générosité. Les dons en biens, les tickets restaurant et les chèques sont acceptés. Merci. »

Le romancier à la bosse dans le dos fouille ses poches puis se penche et balance quelques pièces dans la sébile du pauvre père de famille que sa femme a plaqué. Ils continuent leur route, entrent dans un immeuble cossu, et les voilà bientôt dans un grand appartement bourgeois, propre, douillet, feutré, au parquet ciré et aux meubles encaustiqués

L'homme se présente :

- Je m'appelle Ivanhoé Bienekopf.

Y a pire comme nom, pense Monty : n'a-t-il pas un copain qui s'appelle Marcel Choufleuri, et un autre, Maurice Sakavin ? Il se présente à son tour, et l'auteur de romances bubble-gum, estime-t-il encore, peut dormir tranquille, il ne risque pas, même en hommage à son œuvre littéraire, de voir son nom attribué à une rue, à une place, à un musée, à un amphithéâtre ou même à un cratère de la Lune ou de Mars.

L'homme l'entraîne ensuite dans la pièce où il conçoit et écrit ses chefs-d'œuvre, pièce meublée d'une bibliothèque circulaire (oui, c'est vrai) bourrée de livres jusqu'au plafond, posés en vrac, alignés ou entassés sur les étagères, de deux fauteuils club en cuir marron, d'une table basse en bois véritable et près d'une fenêtre voilée de rideaux à fleurs, d'une petite table rectangulaire sur laquelle se dressent, entre un ordinateur, une pile de livres et un paquet de dossiers. Et sur un petit guéridon, placé bien en évidence, est posée une châsse à l'intérieur de laquelle est exposé un crâne aux grandes orbites vides et noires. Et pas n'importe quel crâne, mais le crâne d'un philosophe existentialiste, précise l'écrivain en extrayant la relique de sa châsse sans toutefois dévoiler l'identité du philosophe à qui elle appartient ou plutôt appartenait.

Il contemple le crâne avec délectation, la tête dodelinante, l'œil pensif.

Monty s'attend à ce que l'écrivain récite le fameux « To be or not to be » de Shakespeare mais il reste muet. Puis il repose le chef du grand penseur dans le reliquaire, va vers une commode et en tire une bouteille d'armagnac et deux jolis verres à pied de type tulipe. Il pose deux sous-verres à citations sur la table. Sur le premier on peut lire la sentence suivante : « L'amour fait passer le temps, le temps fait passer l'amour », sur le second : « Bienheureux celui qui a appris à rire de lui-même : il n'a pas fini de s'amuser ».

Le romancier verse le liquide dans les verres, puis saisit une pile de livres et la pose sur la table basse :

- Voilà, dit-il, le genre de littérature que je commets. Et après avoir trinqué : - Que pensez-vous de cet armagnac ?

- Excellent, fait Monty qui n'en a jamais bu.

Puis il s'assoit dans un des deux fauteuils, feuillette quelques livres et en lit quelques titres emblématiques : « Mon cœur est à toi », « Les tourbillons de la passion », « Un amour pour la vie », « Que serais-je sans toi ? », « Sur les ailes de l'amour », « La péniche aux mille baisers », sous-titré Roman Parisien (l'intrigue se passe sur la Seine, à Paris, pas loin du pont d'Austerlitz), « Unis pour l'éternité », « Cœurs en flammes »,(tout indiqué pour intellectuels andropausés), « Amour frénétique », « La chaumière du bonheur », « Pris au piège de tes grands yeux », « Nous deux » (idéal pour jeunes filles en fleurs et premières communiantes), « Le chant de l'amour », « Frappée en plein cœur », « Une fille comme elle », « La gondole des z'amours », « N'oublie pas que je t'aime », roman qui a obtenu le Grand Prix du meilleur Roman d'Amour de la ville de Rosny-under-wood (plus communément appelée Rosnywood ou Rosny-sous-Bois par certains autochtones), « C'est la faute au printemps » (et tout le monde sait que le printemps, le soleil et les fleurs rendent encore plus belles les filles, surtout du côté de Nogent, quand on se promène le dimanche au bord de l'eau) et enfin, « Coup de foudre à Arnac », roman sous-titré « un amour provincial ».

- Vous en avez écrit beaucoup de ces...
- De ces bluettes ? oui, une soixantaine au moins.
- Bravo ! Et ça marche ?
- J'ai mon public mais, continue-t-il après avoir bu une petite gorgée d'armagnac, je vais vous faire une confidence que je n'ai encore faite à personne, pas même à mon éditeur : les idylles angéliques, c'est fini : les jeunes vierges naïves, les beaux amoureux transis, les péripéties mélodramatiques et les épousailles fastueuses où l'on se passe, la larme à l'œil, l'anneau au doigt, marre ! Là, je viens de terminer « L'amour ne meurt jamais » et j'ai commencé ma dernière romance : c'est l'histoire d'un jeune brocanteur qui tombe éperdument amoureux d'une belle cliente venue chercher des bibelots, des statuettes, des peintures représentant des hiboux ou des

chouettes dont elle fait avec passion la collection. Le brocanteur en a plusieurs à sa disposition dont un magnifique grand-duc en bois aux yeux orange, taillé dans la masse, récupéré dans l'appartement d'un homme décédé, appartement que j'ai, en outre, entièrement vidé. Le rapace au bec crochu et aux longues aigrettes enflamme la belle cliente dès qu'elle l'aperçoit. L'amour entre le brocanteur et la collectionneuse sera réciproque mais cette passion intense les consumera peu à peu tous les deux et ils finiront, après plusieurs ruptures et réconciliations, par se séparer définitivement. Et pour la première fois l'histoire se termine mal, pas de happy-end, de mariage, d'épouse en cloque et de mari aux anges comme à la fin des autres livres. Le brocanteur, abattu, désenchanté, renoncera à l'amour et il s'en fallut de peu qu'il ne se tuât après une tentative de suicide en se mettant la tête dans le four de sa gazinière. Et il décida alors de ne plus se consacrer qu'à son métier de brocanteur-chineur... j'ai déjà trouvé le titre du livre avant d'en avoir terminé la rédaction.

- Ah bon ?

- Je vous le dis et c'est un scoop. « L'amour est un feu qui dévore mais l'envie de chiner est encore plus forte » ... qu'en pensez-vous ?

- Pas mal, quoiqu'un peu long.

L'écrivain remet sa tournée :

- Et vous, il vous arrive de lire ?

- Oui-da, acquiesce Monty. Mais la porte du cabinet d'Ivanhoé Bienekopf s'ouvre, interrompant la conversation. Une femme apparaît : grande, sèche, anguleuse, chevaline. À

29

l'air glacé mais aux jolies mèches de cheveux bouclées à l'anglaise. Elle jette un regard peu amène à Monty puis s'adressant à l'écrivain sur un ton aigre :

- D'où sors-tu cette bouteille ? je t'ai pourtant dit que je ne voulais plus voir d'alcool dans la maison.

- Calme-toi ma colombe, c'est le cadeau d'une lectrice.

L'écrivain se tourne vers Monty :

- Ma femme, Marie-Hélène, présente-t-il brièvement dans un sourire.

- Et qui c'est cet étranger ? reprend la femme d'Ivanhoé Bienekopf.

- Monty, un ami, ma tourterelle.

- Oui, c'est ça... il suffit que je m'absente cinq minutes pour que tu traînes dans les bars et ramène le premier inconnu ramassé dans la rue.

- Tu ne devais pas voir ton psy cet après-midi ?

- La séance a été annulée : il est parti faire du vélo.

Et elle quitte la pièce en claquant la porte. L'écrivain reste un moment songeur puis :

- Marie-Hélène est ma seconde épouse... elle souffre d'une grave dépression, faut dire qu'elle a des dispositions inouïes pour cet état, je dirais même que c'est une pro de la déprime ! Cela fait déjà plusieurs années qu'elle est en analyse et qu'elle voit chaque semaine un psychologue quand celui-ci, et ça lui arrive parfois, n'est pas saisi d'une soudaine pulsion irrépressible, pardonnez le pléonasme, qui le pousse à enfourcher sa bicyclette et à aller faire, de toute urgence, un

30

tour dans l'arrière-pays et parfois même au bord de mer... mais leurs entretiens sont, hélas, sans résultat.

- Elle devrait plutôt se faire masser régulièrement les pieds : c'est plus efficace, à ce qu'il paraît, qu'une cure psychanalytique.

Est-ce l'ambiance feutrée du cabinet de travail, l'effet de l'armagnac, la présence lénifiante du pittoresque écrivain qui apaisent quelque peu la peine de Monty ? Il ne le sait mais son chagrin, pour le moment, semble s'être assoupi, mis en veilleuse, quoi !

- N'y-a-t-il pas d'autres recours pour soigner son mal-être que l'analyse psychologique ? demande Monty après avoir bu une gorgée. L'écrivain bossu, moins toutefois que Polichinelle qui lui en a deux, se lève et, verre à la main, fait quelques pas dans la pièce :

- Si, si, il y en a plein d'autres... par exemple, je lui ai proposé d'essayer la méditation zen, la charcuterie alsacienne, l'art floral, le scrabble, la rumba congolaise, les castagnettes espagnoles, la planche ouija, les bains de siège chauds et mousseux.

Il se rassoit, pousse un long soupir, fait une pause, boit une gorgée, puis reprend :

- Pratique l'équithérapie, lui ai-je proposé aussi, inscris-toi à Koh-Lanta, téléphone à Michel Drücker, lit Le Capital de Karl Marx, abonne-toi au « Figaro », achète-toi un moule à gaufres, écris à François Bayrou, joue de la cornemuse, va à Lourdes, à Aix-les-Bains ou même à Knotte-le-Zoute mais, bon Dieu de bois, arrête de me casser les roubignoles... par contre, je vais lui proposer la réflexologie comme vous me l'avez conseillée tout à l'heure, on ne sait jamais. Ah, ce n'est plus la femme que j'ai connue jadis et pour laquelle j'avais eu le coup de foudre.

- Le coup de foudre ? interroge Monty dont l'attention est brusquement multipliée par dix.

- Oui, le coup de foudre, ah, croyez-moi, il faut toujours se méfier de ces coups-là, ce sont des coups fourrés, des coups de sang plutôt, des attirances brusques purement physiques qui n'ont rien à voir avec l'amour... voilà tout.

- Vous croyez ? demande Monty dont le regard s'allume.

- Sûr ! Voyez mon couple ! Coup de foudre ! Coup de Jarnac ! Farces et attrapes ! Et il s'en fallut de peu, et à plusieurs reprises, que je ne quittasse définitivement Marie-Hélène mais bon, j'ai déjà survécu à un cancer, à un accident d'avion et à ma belle-mère, alors je peux survivre à un mariage ! Que dis-je, un mariage ! Deux mariages ! Et deux mariages ratés ! Deux catastrophes !

L'écrivain qui n'a pas eu de chance avec ses deux épouses, « c'est peut-être l'une des raisons, et par compensation, qui l'a poussé à se lancer dans les romans à l'eau de rose », pense Monty, l'écrivain donc, se tait, soupire et ressert à boire :

- Mais changeons de conversation, je ne veux pas vous ennuyer avec mes histoires de couple. Par contre, je serais ravi si vous acceptiez de lire un de mes livres, ce ne sont que des romances sentimentales exemptées de tout byronisme flamboyant et de tout psychanalyse pédantesque mais d'après certaines lectrices et certains lecteurs, ils ne sont pas dépourvus d'intérêt... d'aucuns y ont même trouvé de l'humour et de la poésie... cela vous dit ?

- Je n'osais pas vous le demander.

Monty farfouille dans la pile de livres quand la porte du cabinet s'ouvre et qu'apparaît une nouvelle fois la femme d'Ivanhoé Bienekopf. Elle abandonne cette fois son hostilité et d'un ton affable et dans un grand sourire charmant :

- Monsieur Lebique est là qui t'attend, chéri, alors ne tarde pas trop.

- J'arrive dans cinq minutes, ma caille des champs.

Et elle ressort en poussant, cette fois, délicatement la porte.

L'écrivain se penche vers Monty :

- Drôle de caille des champs, n'est-ce pas, car avec le chanfrein qu'elle se trimbale sur la frimousse, elle passerait inaperçue dans un haras... parfois la nuit, quand je m'éveille et que je la contemple dormir, je me demande si j'ai épousé une femme ou une jument... mais que voulez-vous, je l'aime, ma pouliche d'amour. Bon, désolé d'interrompre notre entretien mais j'avais complètement oublié ce rendez-vous avec le sous-directeur de ma maison d'édition... j'espère que notre relation ne s'arrêtera pas là, je vous trouve sympathique et j'aimerais vous revoir. Je suis tous les mardis et jeudis, en principe, vers cinq heures, à la librairie-bar-café « Du côté de chez Swann ». Tenez, prenez aussi ma carte au cas où je n'y serais pas et n'hésitez pas à me téléphoner... j'espère vous revoir bientôt, je vous ressers un verre ?

- Non, merci, ça va me monter à la tête surtout que j'ai déjà bu quelques verres avant de vous rencontrer au parc.

- Je vais en prendre un dernier, l'armagnac m'est indispensable, vous savez, c'est une question de santé : il agit comme un médicament et je ne peux pas m'en priver sinon je fais des crises d'épilepsie, prétexte le romancier en vidant cul-sec son verre. C'est certainement pas son médecin, en tout cas, qui lui a prescrit ce traitement, pense Monty.

- Au fait, reprend l'écrivain en clappant de la langue, avez-vous choisi votre livre ?

- Je pense que je vais prendre ce livre-là : « Un mariage de rêve ».

- Bonne pioche, approuve le romancier dans une grimace, c'est l'un de mes préférés. Et Ivanhoé Bienekopf, auteur de romans fleur-bleue raccompagne Monty et lui serre chaleureusement la main avant de faire demi-tour, de tirer et de refermer la porte sur lui.

4

Et revoilà Monty dans la rue.

Que faire ? Il n'a toujours pas le cœur à rentrer chez lui et à retrouver son appartement vide. Alors il déambule dans le flot des passants, dans le brouhaha de la rue, au milieu du trafic intense de ce début de soirée.

Il traverse une place puis prend une rue piétonne animée, bordée de commerces en enfilade : brasseries à terrasses, restaurants aux enseignes lumineuses, boutiques aux vitrines rutilantes. Et il pense à Mona. Sa Mona. Sa Béatrice, sa Laure, sa Juliette ! Sa fêlure aussi, son talon d'Achille, son crève-cœur ! Mona dont le nom de famille est Printemps. Mona Printemps, c'est joli, non ? Et beau comme un sourire d'enfant ! Mona qui est modeste comme une religieuse à cornettes et qui n'est que charme, élégance, grâce. Entre autres ! Et qui se définit comme ni féministe, ni soumise et dont la douceur est le plus beau joyau de sa beauté. Il se souvient de ce jour de septembre où ils étaient partis pique-

35

niquer dans les collines environnant la ville. Il avait garé la voiture dans un petit carré de verdure ombragé par quelques arbres, avait ouvert la portière arrière qu'il avait laissée relevée et avait sorti la nourriture préparée la veille. Après le repas, il s'était adossé contre le tronc d'un arbre, et Mona s'était allongée à côté de lui et une brindille à la main, le dévisageait, le taquinait. Comme elle était belle ce jour-là ! Le regard pétillant. Heureuse. Rayonnante ! Une fête pour les yeux. Et émouvante, oui, émouvante, c'est le mot. Jamais il n'avait vu un sourire aussi radieux sur son visage. Comme il était heureux de l'avoir, là, près de lui, aussi joyeuse, épanouie, avec plein d'étincelles dans les yeux ! Jamais il n'oubliera ce jour !

Puis, un dimanche elle l'avait invité à déjeuner chez elle. Tout son appartement, bien propre et bien rangé, baignait dans une atmosphère sereine et chaleureuse qu'augmentaient encore les plantes ornementales, les bouquets de fleurs, l'éclairage doux, la musique en sourdine. Du Mozart qu'elle avait mis : le deuxième mouvement du concerto pour clarinette ! Puis d'un vaisselier, sur lequel était posé le portrait encadré de « La jeune fille à la perle », elle avait sorti avec précaution un service de table et avait posé avec délicatesse des assiettes et des couverts sur la nappe blanche de la table.

- C'est le service de ma mère, avait-elle dit, une lueur d'émotion dans le regard, et si, un jour, j'ai une fille, je le lui offrirai à mon tour quand elle se mariera, avait-elle encore ajouté.

Puis, après le repas, ils avaient bu le café dans son petit jardin planté d'œillets aux effluves capiteuses. À ces évocations, son chagrin s'exacerbe à nouveau d'autant plus qu'il débouche dans une des artères principales de la ville où ils se rendaient souvent : car là se trouvent les cinémas et les restaurants qu'ils fréquentaient.

Il passe devant le ciné-club où ils avaient revu « Titanic », le fameux film aux multiples oscars et qui, une nouvelle fois, avait fait verser des larmes à Mona, puis devant la grande pizzeria « Chez Angelo », toujours bondée le samedi soir, où il l'avait invitée la première fois à dîner et s'arrête un instant devant la grande librairie « La Maison du Chat-qui-pelote » où elle avait acheté « L'arrache-cœur », « Autant en emporte le vent » et « L'homme qui prenait sa femme pour un chapeau ». Et chaque rue, chaque square, chaque endroit lui rappelle des souvenirs. Et c'est là, sous le porche de cet immeuble où ils s'étaient abrités un jour, surpris par une averse que, le cœur en chamade, il l'avait serrée contre lui ! Puis ils s'étaient embrassés jusqu'à en perdre haleine ! Leur premier baiser ! Tendre d'abord puis follement passionné ! Ah, cette galoche ! Inoubliable ! Unforgettable ! Indimenticabile !

- « Oh Mona, dire qu'il va falloir à présent que je t'oublie. Qu'il était bleu, le ciel, et grand l'espoir. Mais l'espoir a fui, vaincu, vers le ciel noir ! » récite-t-il à voix haute en levant les bras sous l'œil ahuri d'une passante âgée.

- Ne vous en faites pas, monsieur, ça s'arrangera, tout s'arrange toujours dans la vie, dit la passante en brandissant sa canne, quant à la vie elle-même, marmonne-t-elle encore en lui tournant le dos, elle finit toujours mal : y a qu'à faire un tour dans un cimetière pour s'en rendre compte.

Et elle s'en va.

5

Il quitte l'avenue, marche à l'aventure quand, subitement, un crissement perçant le fige sur place : en effet, alors qu'il traversait la chaussée, tout à ses pensées cafardeuses, un chauffeur, en écrasant sa pédale de frein, bloque sa camionnette juste devant lui dans un hurlement de pneus.

- Tu peux pas faire attention, espèce de con ! vocifère le conducteur.

Des passants s'arrêtent, s'attroupent, contemplent la scène : Monty, debout au milieu de la chaussée, le visage blême, fait un geste d'excuse pitoyable au chauffeur hors de lui puis traverse la rue et se mêle au flux de la foule.

- Encore une âme en peine qui erre par la ville, s'attendrit la vultueuse bouchère de la rue Cécile Sauvage, là, sur le pas de sa boutique en observant Monty, et ce malheureux là-bas qui mendie son pain, assis à côté de son chien, dit-elle encore à une cliente qui venait d'acheter du mou pour son chat, n'est-ce pas désolant de voir ça. Dites, madame Grubach, j'ai pas mes lunettes, qu'y a-t-il de marqué sur sa pancarte ?

- « Allez tous vous faire foutre ! » dit madame Grubach après avoir lu l'écriteau que le pauvre hère, affalé près d'un porche, enveloppé dans des hardes pouacres, tient à la main.

- Ah, le malheureux ! Comme il a dû souffrir pour en arriver là ! s'exclame la bouchère, prise de pitié... tenez, madame Grubach, apportez-lui ce sandwich qu'un client a oublié de récupérer et ces rognures de viande pour son chien qui doit être la seule créature au monde qui lui donne un peu d'affection.

- Vous croyez ? Après ce qu'il y a de marqué sur sa pancarte ?

- Oui, oui, apportez-les-lui.

Madame Grubach, de mauvaise grâce, tend le sandwich et les rognures au clodo hirsute qui aussitôt planque sa pancarte et murmure un remerciement d'une voix rauque. Mais des coups de klaxons retentissent. La bouchère qui allait retourner dans sa boutique fait demi-tour et aperçoit un homme qui sort d'une voiture. Excité, l'homme s'approche de la camionnette toujours à l'arrêt au milieu de la chaussée et interpelle le chauffeur qui a du mal à faire redémarrer son véhicule.

- Alors, tu le dégages, ton tas de ferraille ?

- Ta gueule ! coupe le camionneur.

- Tu vois pas que tu bloques toute la circulation ?

- Ferme-la et me fais pas chier !

Une kyrielle d'injures fusent alors des deux côtés. Les badauds contemplent le spectacle tandis qu'un autre automobiliste, dans la file de voitures, attendant que la situation se débloque, se plonge un doigt dans une narine et se cure ostensiblement le nez au mépris de toute convenance et sans se soucier de sa passagère qui le regarde en se demandant si le moment n'était pas venu de faire les valises et de plaquer ce malotru dès qu'ils seraient rentrés. Mais le chauffeur de la camionnette réussit à faire redémarrer son véhicule. Il passe la première et s'éloigne non sans faire un doigt d'honneur à son interpelleur qui réintègre sa voiture en courant. Au fond, pense la bouchère en rentrant dans sa boutique, il a bien raison, le guenilleux du quart-monde : qu'ils aillent tous se faire foutre !

Monty, remis de son émotion, continue sa déambulation, arrive dans un quartier sinistre à la sortie de la ville où des bâtisses aveugles élèvent leurs murs grisâtres et où des entrepôts désaffectés couverts de tags servent de refuge à des SDF et à des sans-papiers. Un quartier qui a fait son temps, en ruine et voué à la démolition car des engins de chantier se dressent, ici et là, entourés de matériaux destinés à sa reconstruction. Il continue son errance puis oblique dans une ruelle transversale, étroite et sombre, qui ressemble à un corridor.

- Doit pas être très rassurant de se balader dans cette venelle en pleine nuit, pense-t-il en débouchant dans une petite place pavée de pierres inégales appelée, la « Place de l'Abreuvoir » Il passe sous la clarté jaunâtre des lampadaires qui allonge et rétrécit son ombre et aperçoit l'auvent en toile d'un marchand de vin qui claque au vent et qui porte son nom : bar-cave « L'Avant-Dernier - Vins, bières, spiritueux. » Machinalement il pousse la porte de l'estaminet, aperçoit la silhouette d'un homme étalé sur une banquette au fond de la salle, à côté de petits fûts renforcés de cerclages et passe devant un groupe de trois buveurs agglutinés au comptoir qui le dévisagent d'un regard oblique. Il se hisse sur un tabouret, commande un bock, sirote lentement sa boisson tout en contemplant, à côté d'un panneau recouvert de cartes postales, une grande tour Eiffel dorée. Mais il n'arrive pas à fixer son attention, toujours le visage bien-aimé de Mona se mêle à ses pensées. Mona qu'il a rencontrée l'année du buffle de feu (de l'horoscope chinois), l'année, se rappelle-t-il, où la sonde Pathfinder s'était posée sur la planète Mars à une soixantaine de millions de kilomètres de la Terre, magnifique exploit soit dit en passant, monsieur le curé, alors qu'il circulait tranquillement sur une route nationale au volant de sa voiture. C'était en 1997. Et ce matin de juillet, il avait décidé de faire une petite promenade peinarde au centre-ville, de boire un café à la terrasse d'une brasserie et d'aller chercher une compil de Bud Powell et les Grands Succès de Dario Moreno, deux CD qu'il avait commandés à son disquaire. Et assis au volant, le cœur léger, il chantonnait justement « Si tu vas à Rio, n'oublie pas de monter là-haut » en regardant le long ruban rectiligne de la route qui se déroulait devant lui. Puis, il vit dans le rétro intérieur, le visage de la conductrice de la voiture qui le suivait depuis un moment déjà, une rousse, lui sembla-t-il. Ah, pensa-t-il avec regret, ce qui me manque aujourd'hui pour que la journée soit parfaite, c'est la compagnie d'une femme et, pourquoi pas d'une femme comme la rousse de la voiture suiveuse. Ils se seraient promenés le long de l'Avenue, auraient bu un chocolat chaud dans un salon de thé puis seraient allés visiter l'expo Vera Rockline et le soir venu, il l'aurait invitée dans un restau chic et, une fois chez lui, ils auraient bu un dernier verre. Ils se seraient alors embrassés puis il l'aurait entraînée dans la chambre à coucher aux lumières tamisées où ils auraient passé une grande nuit d'amour. Mais soudain, alors qu'il freinait à un rond-point pour laisser passer une voiture, un choc brutal le secoua et l'aurait envoyé à travers le pare-brise s'il avait oublié de mettre sa ceinture de sécurité : en effet, la voiture suiveuse venait de l'emboutir et un vacarme de tôle froissée le tira de son euphorie. Merde, jura-t-il, en jetant un coup d'œil dans le rétro. Il vit la conductrice, le visage penché sur le volant, derrière le capot relevé et tordu de son véhicule.

- « Reste calme, reste calme ! » s'exhorta-t-il après avoir copieusement insulté l'emboutisseuse « Surtout ne réagis pas à chaud, sur le coup de l'émotion ! Prends du recul et fais exactement le contraire de ce qu'on fait d'habitude dans une situation pareille. »

Il poussa un gros soupir, se ressaisit, puis sortit de la voiture, étrangement calme. Il aperçut l'aile défoncée de sa caisse qui raclait la roue arrière. Il se dirigea vers le véhicule de la conductrice, frappa à la vitre qu'elle baissa.

- Vous n'êtes pas blessée ? demanda-t-il d'une voix douce.

- C'est ma faute, c'est ma faute, se lamenta la conductrice.

- Ce n'est rien... écoutez, madame, essayez de remettre la voiture en route.

La main tremblante, la femme tourna la clé de contact, le moteur démarra. Quelques automobilistes, impatientés, commençaient à klaxonner, d'autres, dans le sens inverse, freinaient pour contempler le spectacle des voitures abîmées.

- Bon, continua Monty, étonné de son calme et de sa voix apaisante, je vais me garer dans le renfoncement du rond-point. Vous n'aurez qu'à vous mettre derrière moi, ok ?

Elle approuva d'un hochement de tête. Monty retourna à sa voiture, se pencha et de la main redressa l'aile abîmée qui touchait le pneu de la roue puis s'installa au volant, se gara et stoppa le moteur. Et la conductrice qui le suivait en fit autant. Je m'appelle Monty, dit-il, et moi Mona, répondit-elle. C'est ainsi qu'ils firent connaissance.

Mais soudain, des éclats de rire bruyants le tirent de ses réminiscences. Il tourne la tête et observe les trois buveurs qui, dans la fumée de leurs cigarettes, s'esclaffent devant leurs verres de pastis. Le premier a un long nez, des yeux exorbités, des joues avalées, un teint de papier mâché, des tifs blond filasse et un bras dans un plâtre recouvert de graffitis. Le second qui ne doit pas fumer des « malbarrés » a un regard marécageux entre ses épaisses dreadlocks qui flottent autour de son visage et exhibe des doigts pourvus d'ongles d'une longueur impressionnante, quant au troisième, un brèche-dent au menton galoché, aux cheveux rasibus, à part une épaisse mèche à l'arrière de la tête, il a un crâne si exagérément allongé qu'on doit probablement le prendre pour un conehead égaré ! Des laissés- pour- compte ! Des paumés ! Des malheureux ! Comme toi, maintenant, pense Monty et des solitaires, des cabossés, des abîmés, il y en a plein les rues, plein les cafés et les troquets, suffit d'ouvrir les yeux.

Le patron du bar, un homme imposant, à l'épaisse crinière laineuse qui bouffe sur le front, à la moustache fournie et à la gitane maïs collée au bec et qu'il rallume sans cesse, ressert une tournée aux trois buveurs qui, réfractaires à l'homéopathie, enchaînent les pastis.

45

- Bon, dit le marchand de vin, je descends cinq minutes à la cave. Il se noue un tablier autour de la taille, soulève une trappe et disparaît.

- Qu'est-ce que t'as à me regarder comme ça ? s'écrie brusquement l'homme aux joues creuses et aux yeux en saillie en se tournant vers Monty et en lui jetant un regard hostile. J'ai peut-être le bras dans le plâtre mais tu ne me fais pas peur.

Monty détourne la tête ne voulant pas d'esclandre. C'est le genre de taré qui est capable de te planter un couteau dans le ventre rien que pour un regard, pense-t-il en saisissant son verre. Mais l'homme s'approche, lève son bras emplâtré et brusquement l'abat sur la nuque de Monty. Puis du pied, il pousse le tabouret qui bascule. Monty s'écroule au sol, réprime une grimace, essaye de se relever. Oh, Mona, oh Mona, qu'est-ce qu'il m'arrive, pense-t-il.

Une silhouette s'approche de lui.

- Donne ta main, ordonne l'homme qui était affalé au fond de la salle, à côté des tonneaux de vin. Monty tend le bras et l'homme le remet sur pied.

- Ça va ?

Monty hoche la tête. Puis l'homme se tourne vers le type au bras dans le plâtre, le saisit brutalement par le col :

- Qu'est-ce qui te prend, l'ami ?

- Tu le connais ce type, Balou ? s'étrangle l'agresseur.

- Ce type, c'est mon pote et si tu le touches encore, je te pète l'autre bras, ok ?

- Excuse, je savais pas, bafouille l'emplâtré qui en voulant se défaire de l'étreinte du dénommé Balou, renverse du bras son verre de pastis qui s'écrase au sol dans la sciure de bois parsemée de mégots.

Apparaît alors, par l'ouverture de la trappe, le bougnat. Il tient une caisse de bouteilles à la main, la pose au sol, rabat la trappe. Il regarde les buveurs puis se baisse, saisit de dessous le bar un nerf de bœuf gainé de cuir qu'il fait claquer sur le comptoir :

- C'est quoi ce bordel ? Pas de rififi dans mon rade, les gars... si vous avez des comptes à régler, vous les réglez dehors... et quand c'est fait, vous revenez boire un coup.

- Range ta cravache, Mérinos, y a pas de lézard, fait Balou.

- Ici, reprend le patron, son mégot jaune toujours scotché aux lèvres, on est là pour passer un bon moment, boire l'apéro et un apéro fédérateur, entre amis, compris ?

Monty dévisage son sauveur : il est grand, maigre, a un teint safrané, des cheveux couleur cannabis retenus par un catogan, des mains d'étrangleur, des mâchoires carrées, des yeux enfoncés, un regard crépusculaire : une vraie gueule d'évadé du bagne qui fout les jetons et qui ferait fuir un orang-outan, se dit-il, impressionné.

- Viens, fait-il à l'adresse de Monty, prends ton verre et allons-nous asseoir.

Puis se tournant vers monsieur Mouton, le patron et caviste, surnommé le Mérinos, ce qui est très original, il désigne de la tête le type au bras emplâtré qui ramasse son verre qui ne s'est pas brisé dans sa chute :

- Donne-lui quand même à boire, hugolise-t-il, théâtral. Et ils vont s'asseoir à la table du fond.

- Je m'appelle Balou, dit-il. Et il ponctue ces paroles en souriant comme le chat de Cheshire.

Monty, peu rassuré, le dévisage. Balou reprend la parole :

- Et ne me regarde pas comme ça : je ne suis pas le dépeceur de Hambourg... tu t'appelles comment ?

- Monty.

- C'est le diminutif de Montgomery ?

- Oui, mais mon nom c'est Monty tout court... et c'est ce nom et pas Montgomery qu'il y a de marqué sur ma carte d'identité... et ma sœur s'appelle Cathy, Cathy tout court et pas

Catherine, dit-il encore, histoire de causer et encore étourdi par l'agression de l'emplâtré.

- Eh bien, ils ont le sens du raccourci, tes vieux, reconnaît Balou.

Puis il émet un grognement, boit un coup, pose son verre et fixe Monty. Puis après un silence :

- C'est dur, hein, de surprendre sa nana dans les bras d'un autre homme ?

Monty écarquille les yeux, surpris par ces paroles. Balou :

- Je t'ai vu tout à l'heure au coin de la rue Edith Cavell avec tes fleurs à la main, explique-t-il de sa voix rogommeuse... j'étais assis à la terrasse d'un bar... j'ai vu un mec embrasser une nana qui sortait d'une banque... puis je t'ai vu arriver, des fleurs à la main. Quand t'as vu le couple se galocher, tu t'es arrêté net puis tu t'es planqué et tu les as observés et quand le couple s'est tiré, t'as fait demi-tour... j'ai tout de suite compris. »

Monty, déboussolé, reste silencieux.

Balou : « Je sais ce que c'est... et je sais ce que ça fait, ça m'est déjà arrivé... et pratiquement dans les mêmes circonstances... tu le connais ce mec ?

- Quel mec ?

- Le mec qui roulait une pelle à ta copine.

Monty hésite à répondre mais il a une dette envers ce gus. Ne l'a-t-il pas tiré d'un mauvais pas ?

- Non, tout ce que je sais, c'est qu'il s'appelle Valence.

- Valence, répète Balou... c'est le nom d'une ville.

- Et même de deux, dit Monty d'une voix atone.

- Exact... et il n'est pas le seul à porter le nom d'une ville... j'ai bien une copine qui s'appelle Lanester.

- Lanester ?

- Oui, c'est un bled de Bretagne, à côté de Lorient, et je connais même, continue-t-il en levant un bel et long index couleur tabac, un peintre qui, lui, porte le nom de deux villes ! Fortiche, hein, le gars ! Tu vois qui c'est ?

Monty secoue la tête, négativement.

- Toulouse-Lautrec ! martèle Balou, ravi

- Ah bon ? fait Monty qui ne sait où cette conversation naninanère et foutriquette le mène mais elle a l'air de sérieusement déraper dans le loufoque. Mais peut-être ne l'emmène-t-il dans cette direction que pour le distraire de son chagrin. Balou boit une nouvelle gorgée puis lève ses grandes mains osseuses et les tourne et les retourne ostensiblement devant le visage de Monty comme font les gosses quand ils chantent « Ainsi font font font les petites marionnettes, ainsi font font font trois petits tours et puis s'en vont... »

Et Monty, médusé, le regarde agiter ses menottes grand format et se demande si le type n'a pas été victime d'un accident de poussette quand il était petit. Puis il les pose bien à plat entre son verre de picrate, les doigts bien écartés et balance à nouveau son sourire en forme de croissant.

Et soudain Monty reste coi, les yeux grands ouverts, fixés sur les mains de Balou. Puis il hoche la tête, se frotte les yeux et contemple à nouveau les grandes pognes sillonnées de veines en relief de son vis-à-vis .

- Comme c'est curieux ! murmure-t-il dans un premier temps... non, mais je rêve ou est-ce que l'alcool me brouille la vue ? enchaîne-t-il bientôt.

- Non, mon gars, fait Balou, t'as pas la berlue, j'ai bien six doigts à chaque main. On appelle ça la hexadactylie. C'est de naissance... et ce n'est pas rare. Un témoin de Jéhovah m'a raconté un jour qu'il y avait un type dans la Bible qui avait six doigts à chaque main et même six orteils à chaque pied... c'est marqué dans son bouquin, dans Samuel, m'a-t-il précisé et même ailleurs. En principe, on coupe les doigts en sus à la naissance mais mon vieux n'a pas voulu. Lui-même en avait six à chaque main et il en était très fier. C'est un peu la marque de fabrique de notre famille, en somme. Et je peux te dire qu'une noria de scientifiques et les meilleurs qui soient m'ont examiné les pognes sous tous les angles.

Et Monty contemple les doigts surnuméraires de Balou. Et si on n'y prête pas attention, on ne remarque pas tout de suite les doigts supplémentaires car ils sont bien développés et bien formés. Et Balou le prouve en opposant plusieurs fois de suite et facilement le pouce aux cinq autres doigts. Monty, admiratif et sans flagornerie :

- C'est beau ! Même très beau !

« Heureusement, pense-t-il, qu'il n'a pas deux têtes, trois jambes, une paire de seins dans le dos, une queue de vache à l'arrière-train ou une bibite accrochée à l'oreille en guise de pendentif. »

Balou souriant, heureux :

- C'est la première fois qu'on me dit ça.

Monty : « Et il a un nom ton doigt en rabe ?

- Il s'appelle Little-Tich ! dit-il en remuant le doigt susnommé. Et Monty sourit, ce qu'il n'a pas encore fait de la journée et il se dit, étonné, que cela fait au moins cinq minutes qu'il n'a pas pensé à Mona, à sa Mona. Surprenant, non ? Mais qu'à moitié vu le singulier personnage qu'il a en face de lui.

Mais Monsieur Mouton, dit le Mérinos, arrive et pose sur la table un bock et un verre de vin :

- C'est Dallas qui offre sa tournée... une tournée diplomatique, en somme, dit-il encore. Et le caviste, dont le gros pif rougeâtre n'a rien à voir avec la pureté de ligne des nez des sculptures grecques, va vers un tonneau de Côtes du Rhône, saisit une bouteille vide, la place sous le fût et la remplit.

- C'est qui ce Dallas ? interroge Monty.

- Balou : « C'est le baltringue qui te cherchait des noises tout à l'heure.

Monty : « Encore un type avec un nom de ville... »

Balou saisit à nouveau son canon de rouge et trempe ses lèvres dans le breuvage. Puis il contemple Monty en secouant la tête :

- Tu en pinces un max, hein, pour cette nana ?

Monty ne répond pas. Et c'est vrai, pense-t-il, il a visé juste, le Balou. Oh, il n'a pas eu, comme on dit, le coup de foudre pour Mona mais, petit à petit, son visage s'est incrusté dans son esprit puis il n'a plus pensé qu'à elle ! Jamais auparavant une nana ne lui avait fait autant d'effet, ne l'avait autant emballé, enflammé ! Il en rêvait la nuit ! La voyait partout ! Et il l'a toujours dans la peau ! Et ce n'est pas près de s'arrêter ! Oui, madame Moulin, c'est vrai ! Ah, vous m'en direz tant, mon garçon ! répond-elle en saisissant son cabas rempli de légumes.

Balou : « Elle s'appelle comment, cette sezegon ?

– Mona.

– Mona, tiens, ça me rappelle une chanson que chantait mon dabe... « Ramona », tu connais ?

– Non.

Et voilà Balou qui se met à chantonner de sa voix rocailleuse : *« Ramona, j'ai fait un rêve merveilleux, Ramona, nous étions partis tous les deux, nous allions lentement, loin de tous les regards jaloux et jamais deux amants n'avaient connu de soir plus doux. »* Mais Balou s'arrête là, d'abord parce qu'il chante comme une casserole, et ensuite, parce que l'histoire que raconte cette chanson se termine mal, tout comme l'histoire de Monty et de Mona et, d'ailleurs, comme la plupart des histoires d'amour : voyez Orphée et Eurydice, Tristan et Yseut, Roméo et Juliette, Casque d'or et Manda, Julot le Nantais et Ginette la Frisée et tant d'autres et ran et ran petit pa ta pan mais qu'est-ce que c'est que cet estanco à la noix ?

Et Monty regarde autour de lui. Dedieu ! Quelle gargote ! Un troquet d'un autre âge ! Doit pas y en avoir des masses, des comme ça et avec un nom pareil, « L'Avant Dernier » !

Avec des fûts de vin et des tonneaux de bière ! De la sciure au sol ! Des trophées de chasse accrochés aux murs : têtes naturalisées de sangliers, de cerfs, de loups ! Et on s'attend à voir le patron servir le vin ou la bière dans des hanaps, ces grands verres à pied et à couvercle ou à balayer la sciure éparpillée le long du comptoir avec un balai en paille de riz puis à éponger le sol avec un fauber, ces balais faits de cordages ! Et on s'attend aussi à ce que la porte, ou plutôt l'huis, s'ouvre et qu'apparaissent un ménestrel avec son luth, un déserteur en cavale, un enfant de vilain, un allumeur de réverbère, une Vénus des faubourgs ou un saltimbanque avec son bouc ! Et même que déboulent le Chourineur avec Fleur de Marie ! Et Mimi Pinson ! Et Mes-Bottes avec Bec-Salé dit Boit-sans-Soif ! Pourtant, il en avait fréquenté des rades plus ou moins bizarres, voire louches, dans le temps, quand il faisait la nouba, le samedi soir, avec Arnaud et les raclos de la cité des Fleurs.

- Bon, finit par dire Balou, on ne va pas passer le réveillon ici... je te paye le restau, ça te dit ?

Au fond, malgré son aspect peu ragoûtant et plutôt inquiétant, il est sympa ce mec, non ? pense Monty et il acquiesce mollement.

- Balou : « Alors on boit l'avant-dernier et on se casse avant qu'il ne flotte : la météo a prévu de la pluie pour 19 heures 35.

Ils quittent l'estaminet, remontent la ruelle raboteuse, pénalisante pour les dames chaussées de talons-aiguilles, quand un type, la tête recouverte d'une capuche les aborde alors qu'ils passent à côté d'une pelle mécanique. Le type est jeune, petit, gras comme un clou (il flotte dans ses fringues), a le visage mâchuré, le regard sans éclat.

- Ah, Balou, j'suis content de te voir, dis, t'aurais pas vu Paulo ? s'inquiète-t-il, excité en jetant un coup d'œil à Monty qu'il ne connaît ni d'Adam, ni d'Eve, ni même d'Isaac et de Rébecca.

- Quel Paulo ? demande Balou.

- Celui qui est toujours fourré au « Balto ».

- Eh bien, va voir au « Balto ».

- J'en viens.

- Alors, je peux pas te renseigner, Totor.

- T'aurais pas une clope ?

Balou lui file une cigarette et Totor, diminutif de Victor, s'en va en hâtant le pas sous le regard apitoyé de Balou après avoir balbutié un remerciement.

- C'est un toxico, dit-il, toute la journée, il sillonne la ville comme un dératé à la recherche de dope. Il doit du pognon a tous les dealers du coin. Un de ces jours, une de ces planches pourries le plantera et on le retrouvera dans un fossé, un couteau dans le buffet, à moins qu'il ne crève d'une overdose avant. ¨Pourtant, c'était un bon petit gars, avant, toujours enjoué, blagueur et serviable, mais ça fait déjà un moment qu'il a perdu le contrôle, le Totor.

Et voilà, ils traversent le quartier en démolition et arrivent au cœur de la ville aux grandes avenues lumineuses, bien plus engageantes, gaies et animées.

- Monty : « On va où ?

- Rue de la Morgue, une impasse, une dead-end, précise Balou qui estime le terme anglais plus approprié, j'connais un petit restau sympa, près du crématorium, on y bouffe bien, le pinard y est top et on sera peinard, y a jamais personne.

Manque de bol, le restau est bondé. Du moins la terrasse : surtout occupée par des personnes revenant de la chapelle mortuaire où elles ont rendu, goupillon à la main, un dernier hommage à un cher défunt. Alors, ils suivent le serveur et pénètrent à l'intérieur. Là, y a qu'une table d'une huitaine de personnes d'une même famille qui est occupée. Y a les grands-parents, les parents, peut-être un oncle, une tante et deux trois gosses qui cavalent autour de la tablée.

Ils s'attablent dans un coin de la salle, à côté d'un présentoir en bois rempli de bouteilles de vins couchées, commandent un apéro et consultent les cartes que leur a tendues le serveur. Une fois le menu établi, Balou prend la parole :

- Qu'est-ce que tu fais dans la vie ?

- Je viens de signer un CDI dans une imprimerie... j'y ai bossé comme intérim et dans dix jours, je reprends le boulot et cette-fois à l'année, dit Monty en se levant.

Il enlève sa veste et aperçoit, dans la poche intérieure, le haut du livre « Un mariage de rêve » que lui a refilé Ivanhoé Bienekopf. Il accroche la veste au dossier de la chaise, se rassoit :

- Je vais m'occuper, reprend-il, des commandes et des livraisons... et toi ?

- Je travaille à la maintenance au domaine de la « Pomme de pin », tu connais ?

- Oui, j'en ai entendu parler.

- Mais je suis aussi comédien à mes heures perdues et j'ai joué dans plusieurs pièces de théâtre, notamment à Avignon, pendant le festival mais le plus souvent ici, en ville, soit au théâtre municipal ou au petit théâtre de la Vieille Ville.

- Ah bon ?

- Oui, dans « Cyrano de Bergerac », j'ai joué un garde, dans « À la feuille de rose » de Maupassant, j'ai joué le vidangeur bègue... mais mon plus beau rôle, c'était dans « Hamlet ».

- Sans blague ?

- Ouais... sacrée pièce.

- Et t'étais Hamlet ? Horatio ?

- Non, le fantôme, et plusieurs soirs d'affilée.

Mais voilà le serveur qui arrive. Il pose les plats commandés sur la table puis va chercher la bouteille de vin, la débouche et d'une inclination de la tête et d'un geste ample du bras, comme le ferait un comédien du Châtelet, leur souhaite un énergique « Bon appétit, messieurs ».

- Comme dans « Ruy Blas », s'exclame Balou qui connaît ses classiques, car, avoue-t-il, dans le temps, et avant qu'il ne donne sa démission, il était professeur de français, d'où sa passion pour le théâtre.

Et ils mangent un instant en silence.

Et Monty se dit que cela fait bien longtemps qu'il n'a pas dîné au restau avec un homme assis en face de lui. Toutes ces dernières années, il n'y était allé qu'en compagnie de Mona. Et cette pensée l'attriste encore plus et il voudrait parler d'elle, se soulager par la parole mais il n'aime pas déballer sa vie, étaler ses états d'âme.

- Balou, perspicace : C'est à elle que tu penses, hein ?

Monty ne dit rien et continue de manger, obsédé par le tendre visage de Mona. Mais le besoin de se confier est le plus fort, et puis se confier à un inconnu, en plus à moitié ivre, est peut-être plus avisé que de se confier à un psychologue, à une connaissance, voire même à un proche, ça ne tire pas à conséquence, non ? Alors, il se décide mais commence par la bande :

- Tu crois au coup de foudre, toi ?

Balou arrête sa manducation, réfléchit un moment puis, après avoir avalé sa bouchée :

- Attends, dit-il un rien solennel, je t'explique.

Puis c'est le prof de français qu'il était jadis qui prend la parole. Il se racle la gorge puis commence :

- Il existe une vieille légende grecque qui raconte, qu'à l'origine, l'être humain était en forme de boule. Pour le punir de son orgueil démesuré, les dieux décidèrent de couper la boule en deux par le milieu et ça a donné la femme et l'homme. Et depuis chaque moitié recherche sans cesse l'autre moitié et quand il la trouve, c'est le coup de foudre et les deux moitiés reforment la boule qu'elles étaient à l'origine. Au fond, continue-t-il en changeant de ton après un bref silence, au lieu de créer originellement l'être humain en boule, les dieux auraient mieux fait de le créer en forme de poire, cela aurait été plus approprié, non ? Qu'en penses-tu ?

- Belle histoire mais bon ce n'est qu'une légende... dis, tu te vois toi en forme de boule ?

- J'ai déjà l'air con sur mes deux guibolles, alors en forme de boule, ça ne me dérangerait pas d'autant plus que je suis souvent rond.

Et il éclate de rire puis enfourne une tranche de pizza, l'avale, l'arrose d'une lichette de pinard et continue sur sa lancée :

- Une autre légende, cette fois japonaise, raconte qu'à chaque être est destiné un autre être. À leurs naissances, ils portent un ruban rouge fixé à leurs pieds. Pendant leur vie, le ruban est invisible, mais les deux êtres se cherchent sans répit et quand ils se trouvent, c'est le coup de foudre, et le bonheur sur terre.

- Et toi, t'as déjà eu le coup de foudre ? hasarde Monty.

- Oui, avoue Balou, mais je te donne la version courte : au premier regard, on s'est aimés, au deuxième, on s'est mariés, au troisième, on a divorcé. Donc, j'ai été mystifié, et je n'ai pas encore rencontré la femme qui, d'après la légende, m'est destinée. Par contre, la légende japonaise est arrangeante, même très arrangeante : pour ceux qui ne trouvent pas l'être qui leur est destiné sur Terre, ils le trouveront, affirme-t-elle, dans l'autre monde car, là, ils verront à qui le ruban rouge les rattache. Alors, vois-tu, j'ai tout mon temps.

L'homme boule, le ruban rouge, le coup de foudre, l'amour et le bonheur dans l'au-delà, il est peut-être temps que le Balou, s'il y croit, arrête de picoler et aille faire une cure à Vichy, non ? se dit Monty.

- Balou : « Mais parle-moi un peu de Mona ! »

Alors Monty se libère, raconte leur rencontre lors de l'accrochage du rond-point, leurs sorties au restau, au cinéma, leurs dîners en tête à tête, soit chez elle, soit chez lui, leurs randonnées en montagne le week-end car elle aime la marche et puis comment, petit à petit, il s'est attaché à cette femme. Ce qui m'a le plus séduit ? C'est sa simplicité, sa timidité, sa franchise, avoue-t-il. Rien d'arrogant, d'hypocrite, d'affecté chez elle, ajoute-t-il ! Et ce qui m'a le plus touché ? dit-il ému, l'œil embué, c'est la douceur qui émane de son regard, de son sourire, de toute sa personne ! Et puis, si tu voyais sa façon de marcher, s'emballe-t-il soudain, ce léger balancement des hanches et des épaules quand elle arrive vers toi de sa démarche légère, presque aérienne, en pantalon moulant et les cheveux coiffés en queue de cheval, tu craques ! Tout en grâce ! La démarche d'une déesse ! Un ravissement !

Balou, impassible, lorgne Monty d'un œil dubitatif. Il charrie pas un peu, le soupirant éconduit, semble dire son regard. Une démarche de déesse : tu parles, Charles ! Mais bon, pense-t-il compatissant en diable, il a des circonstances atténuantes, il n'est pas dans un état normal : il est amoureux !

Monty saisit son verre, boit un coup, continue :

- Et dire que je n'osais pas lui avouer mes sentiments ! J'en pinçais tellement pour elle que j'en avais mal ! Puis un jour de pluie, alors qu'on s'était mis à l'abri sous un porche, on est tombés dans les bras l'un de l'autre, sans qu'on s'y attende. Et puis il y a quelques jours tout a basculé et cela le jour même où on a décidé de vivre ensemble. Il a fallu que ce type arrive dans ce restau et qu'elle flashe sur lui... le coup de foudre qu'elle a eu. Quelle poisse ! Quelle déception ! C'est trop moche !

- Balou : « Encore faut-il que le coup de foudre soit réciproque, ce qui n'est peut-être pas le cas dans ton histoire... alors, attends et ne perds pas espoir. »

Balou se penche vers Monty après avoir avalé un triangle de Brie :

- T'aurais pas une photo d'elle ?

Monty se retourne, saisit son portefeuille placé à côté du bouquin de Bienekopf et lui tend la photo de Mona qu'il a toujours sur lui.

Balou contemple le cliché :

- Pas mal la sezegon, assure-t-il bien que Mona ne soit pas son type de nana... mais les voies de l'amour, comme celles du Seigneur, sont impénétrables, pense-t-il... et la femme qu'on voit avec les yeux de l'amour est toujours la plus belle quoiqu'en pensent les autres.

Il lui rend la photo :

- Elle est même pas mal du tout, ajoute-t-il, alors attention, Monty, ne fais pas de connerie que tu pourrais regretter, répète-t-il en bafouillant comme le vidangeur bègue de la pièce de Maupassant.

- T'inquiète pas... jamais je ne toucherai à un cheveu de Mona... et puis ce n'est pas de sa faute si elle a eu le coup de foudre pour ce mec. Faut reconnaître qu'il est horriblement beau, c'est le genre de type qui n'a que l'embarras du choix pour se taper la femme qu'il veut quand il arrive quelque part et il a fallu que ça tombe sur Mona. Elle a eu un moment d'égarement et elle n'est pas la première qui a craqué en l'apercevant.

- Horriblement beau, horriblement beau, ok, c'est vite dit, mais la beauté ne se mange pas en salade, reconnaît Balou en embouchant une fourchetée de laitue.

Et il se tait un instant, savoure et termine son fromage, une tranche de gorgonzola cette fois. Puis il remplit son verre, le soulève et le vide d'un trait, tête rejetée en arrière.

Merde, pense Monty en le voyant picoler, saliver et déglutir, il commence à avoir un sérieux coup dans le pif, le raconteur de légendes.

Balou reprend la parole :

- Bon, faut que j'aille lancer un fil, grommelle-t-il d'une voix hésitante.

Et il va aux toilettes, les jambes flageolantes. En revenant il saisit l'addition placée dans une soucoupe et va directement au bar. Il discute un moment avec la caissière puis revient s'asseoir :

- Voilà, mon gars, c'est payé... t'es en voiture ?

- Non, à pied.

- Dommage, j'adore les cuites raccompagnées... ce sera pour une autre fois.

6

Ils quittent le restau après avoir salué la patronne et le serveur. Puis Balou, qui se tenait le bide depuis un moment comme s'il ressentait une contrariété dans la région ventrale, tire de sa chemise une bouteille de vin et sous un lampadaire la montre à Monty.

Monty, étonné :

- D'où elle sort cette boutanche ?

- Je viens de la faucher du présentoir, à côté de la table. C'est du Morgon. On va s'en boire une goutte chez moi, qu'en penses-tu ?

Monty consent et ils repartent mais arrivés à une impasse, Balou s'arrête et jette un œil dans la ruelle au bout de laquelle, du rez-de-chaussée d'une bâtisse qui la clôt, s'échappent les échos d'une musique techno…

- Tiens, fait Balou, y a la fiesta ce soir chez Oscar.

- Oscar ?

- Oscar Duperron… tu connais pas Oscar Duperron ?

- Non, jamais entendu ce nom.

- Pourtant, il est célèbre. Surtout dans le quartier. C'est un peintre, un artiste-peintre, il a même exposé une fois au Centre culturel de la ville.

- Et tu le connais personnellement ?

- Sûr, c'était mon voisin dans le temps. Maintenant, il habite au premier étage de cette bâtisse dont le rez-de-chaussée était un garage il y a quelques années et qu'il a transformé en atelier. Si on allait voir ce qui s'y passe ?

Ils pénètrent dans le cul-de-sac et se dirigent vers la clarté projetée sur le macadam par la lumière du local au portail grand ouvert. Avant de pénétrer dans l'ancien garage, Balou planque la bouteille de Morgon au pied d'un mur, près de l'emplacement réservé aux poubelles et la masque avec un morceau de carton.

Et les voilà dans l'atelier du peintre.

Une table, chargée de boissons et de nourritures, est dressée au fond de la salle restaurée. Des chaises sont alignées le long des murs et une trentaine de personnes vont et viennent dans la pièce : on boit, on grignote, on bavarde, on rigole.

Balou cherche du regard le peintre. Il finit par le distinguer, au milieu de la salle, parmi un groupe de danseuses et de danseurs : il se dandine au vacarme de la musique, gigote des bras, des pieds entre des danseuses sobrement vêtues qui tortillent leur popotin, remuent leur poitrine, secouent leur chevelure, le regard allumé par la musique et la boisson.

Le peintre finit par apercevoir Balou, arrête de se trémousser et grand sourire aux lèvres, bras tendus, s'avance vers lui.

- Ravi de te voir, mon ami ! s'écrie-t-il en lui tapant l'épaule.

Balou présente Monty au peintre qui les entraîne jusqu'au buffet où il leur sert à boire.

- Balou : « En quel honneur cette fête, Oscar ?

- Pour arroser la vente d'une série de 4 tableaux.

- Félicitations, mon vieux !

- Venez, suivez-moi, je vais vous montrer ces toiles.

Ils se faufilent à travers la cohue et arrivent à l'entrée d'une pièce. Mais avant d'y pénétrer un homme interpelle Oscar :

- Allez-y, je vous rejoins dans une minute, dit Oscar à Balou et Monty.

Ils pénètrent alors dans la pièce sans le peintre, s'arrêtent et regardent : pas de meubles dans cette salle, rien que des toiles posées au sol ou accrochées aux murs. Et dans un coin, un chevalet chargé d'un tableau vierge.

Oscar ne tarde pas, pénètre dans la salle et les rejoint :

- Voilà les tableaux, dit-il en montrant quatre toiles accrochées à un mur. Balou et Monty fixent les 4 chefs-d'œuvre recouverts de lignes longues, épaisses, rectilignes, parfois tremblées ou brisées à certains endroits.

- Bon, fais le peintre, je vous laisse une minute, je vais voir si Sophie, la critique d'art, est arrivée.

Et Il quitte la salle.

Balou se tourne vers Monty, le dévisage. Celui-ci, plongé dans des sombres pensées, le visage défait, fixe d'un œil noir un des quatre tableaux. Balou lui donne un coup de coude :

- Reste avec nous, mon pote, et arrête de te ronger les sangs pour cette nana… à voir ta tête catastrophée, on dirait qu'un requin vient de t'arracher une guibolle. Monty se tourne vers lui, le regard lourd et vague :

- C'est que je m'inquiète, balbutie-t-il.

- Essaye de ne plus penser à elle.

- Trop dur.

- Je sais que t'as le cœur brisé mais faut passer à autre chose maintenant.

Monty secoue la tête, dubitatif. Balou pose une main charitable sur l'épaule de Monty, le regarde en battant des cils, et déclame, après un dérapage lingual suivi d'un raclement de gorge pour s'éclaircir la voix :

- Si tu peux l'oublier et aimer à nouveau sans être l'esclave de ta passion, alors, ce qui vaut mieux que les Rois et la Gloire, tu seras un homme, mon fils, récite-t-il, sentencieux, d'un ton emphatique.

- Alors, qu'en pensez-vous ? interroge Oscar revenu dans la salle.

Balou regarde le peintre, se frotte le menton, sceptique, et se dit, malgré la bienveillance qu'il éprouve pour son ex-voisin et artiste, que ce n'est pas lui qui accrocherait une de ces toiles dans son salon. Heureusement qu'une femme apparaît dans la pièce et lui évite de répondre. Elle porte une robe de soirée, est plutôt dodue, coiffée choucroute avec chignon et des boucles d'oreilles représentant le Penseur de Rodin sont pendues à ses oreilles.

- C'est Sophie Marteau, la critique, dit Oscar.

Elle arbore un grand sourire, se dirige vers eux, fait un clin d'œil à Oscar qui lui présente Balou et Monty qui reculent respectueusement d'un pas quand plusieurs autres personnes nippées friqué pénètrent dans la pièce et se joignent à eux.

La critique au chignon leur sourit, puis, immobile, silencieuse, recueillie, contemple longuement les 4 tableaux formant la tétralogie appelée « L'ÉVEIL ». Son regard va d'une toile à l'autre en s'attardant sur chacune d'elles.

- C'est elle qui m'a présenté l'acheteur, murmure Oscar en se penchant vers Balou qui hoche la tête et que les 4 chefs-d'œuvre de l'artiste n'ont pas bouleversé. La femme, après avoir minutieusement examiné les toiles, se tourne vers le peintre :

- Mon cher Oscar, dit-elle en hochant la tête, permets-moi d'abord de te dire que je suis toujours aussi éplafourdie en contemplant ces 4 toiles.

Elle réfléchit un moment, cherche ses mots puis démarre son speech sous les regards attentionnés des personnes qui l'entourent et dont fait partie l'acquéreur, un slovaque du nom de Salzman, aux doigts chargés de bagues :

- Ces 4 tableaux, commence-t-elle en fixant les toiles, parcourus par le même souffle puissant, par la même inspiration visionnaire, ont cette caractéristique rare, dans leur unité formelle et poétique, de susciter diverses interprétations, toutes d'une logique irréfutable, et à juste titre. Certains critiques voient dans ces lignes le tragique de l'existence, la solitude de l'homme, la fatalité du destin. D'autres, la fragilité de l'être, la nostalgie de l'enfance, la tentative de réactivation de moments de bonheur évanouis.

Elle se tait, fait demi-tour, regarde les visiteurs d'un œil incisif, puis se tourne à nouveau vers les toiles, inspire profondément et en jouant des mains continue son laïus :

- Car ces lignes droites ou sinueuses, nettes ou floues, noires ou colorées, dit-elle en haussant la voix, sont chargées pour les uns de questionnements résolument métaphysico-philosophiques, pour les autres, de subtiles connexions à un Éden perdu rempli de mythologies mystérieuses ! Et tout cela avec retenue, sans graphisme chaotique, dans un purisme total sans surcharges inutiles.

Une femme arrive dans la pièce, se dirige vers le peintre, le tire par la manche :

- Oscar, viens vite, monsieur le maire te cherche partout et emmène avec toi monsieur Salzman, il souhaite que tu le lui présentes.

Le peintre obtempère.

Il quitte la salle en douce, suivi de l'acquéreur et des autres personnes, certainement des amis de l'acheteur. Ne restent dans la petite pièce que Balou et Monty qui hésitent à partir tandis que la critique qui croyait que le peintre, l'acheteur et ses amis étaient encore là, continue à tartiner, à pontifier, à épiloguer tous azimuts en contemplant les tableaux.

Puis elle se retourne et s'aperçoit de la disparition des visiteurs :

- Non mais je rêve, ils se sont barrés, ces salauds ! s'indigne-t-elle, sidérée et blessée… mais où est Oscar ?

- Sa femme est venue le chercher.

- Quoi, s'étrangle-t-elle, il a suivi cette mégère alors que ça fait des semaines que je fais la pute pour lui, que j'encense son travail dans tous les magazines et dans tous les médias ! Et maintenant qu'il a trouvé un pigeon qui a acheté ses croûtes infectes qu'il a eues le courage de signer, il m'ignore et se casse pour suivre sa pouffiasse ! La peinture de ce con vérolé qui a les dents qui raclent le parquet et qui ne voit pas la différence entre un Delacroix et un Pollock n'a jamais cassé trois pattes à un canard ! Il se gargarise de théories alambiquées et s'est lancé dans l'abstraction parce qu'il ne sait pas peindre ! Ô vanité des vanités ! Et il a fallu que je me décarcasse pour qu'on murmure le nom de ce rapin dégénéré, que des critiques se penchent sur ses croûtes et qu'il trouve enfin un acheteur ! Ah le métier de merde que je fais !

Balou et Monty trouvent plus prudent de s'éclipser et ils quittent la salle à petits pas, laissant la critique, ancienne maîtresse du peintre, déblatérer avec véhémence sa désillusion. Ils arrivent devant le buffet. Balou s'arrête et jette un œil aux mets qui le garnissent. Il saisit un canapé : non pas le meuble mais un amuse-bouche au foie gras et confiture de figues. Le mange. En prend un autre, puis un serveur lui offre une coupe de champagne.

- A dû toucher un sacré pactole, l'Oscar, dit-il en s'emparant d'une tranche de rôti d'autruche. Il vide son verre, fait un signe de tête à Monty et tous deux quittent l'entrepôt pendant qu'Oscar Duperron, au milieu des convives, en compagnie de son acheteur, palabre avec le directeur du Centre Culturel.

Balou récupère la bouteille planquée derrière le carton puis remonte l'impasse suivi de Monty qui pense qu'il est temps que l'homme aux six doigts à chaque main rentre à la maison car le vent commence à souffler dans ses voiles et compromet dangereusement son équilibre car il y a du roulis et du tangage dans sa manière de se déplacer. Il suit donc le comédien amateur qui l'entraîne avec ses sabots dondaine en zigzaguant jusqu'à sa base. Heureusement, il habite non loin de l'impasse, dans un petit studio avec jardinet, au rez-de-chaussée d'un bel immeuble résidentiel.

Et les voilà dans l'appartement. Et Balou ne risque pas de voir rappliquer un journaliste de « Maisons, arts et déco » pour prendre des clichés de son intérieur car il est plutôt craignos (son intérieur, pas Balou) : des couvertures masquent les fenêtres qui donnent sur la rue, de la vaisselle sale est empilée dans l'évier du coin cuisine, des fringues sont éparpillées sur le divan, et sur la table, entre deux jolis candélabres à trois branches, traînent des canettes de bière vides et un cendrier rempli d'eau noirâtre où surnagent des mégots à côté d'une BD : « Pim Pam Poum, les rois des farceurs ».

Balou allume les bougies des candélabres puis éteint la lumière. Mazette, pense Monty, on se croirait dans une toile de Godfried Schalken.

- SFCDT, bredouille son hôte en posant ses parties nobles dans le canapé après avoir débouché la bouteille de Morgon.

Monty s'assoit en face de lui, dans le fauteuil :

- SFCDT, connais pas.

- C'est un slogan de Stendhal... le sigle de « Se Foutre Carrément De Tout » ... mais je n'y arrive pas... et je pense qu'on n'y arrive jamais. Peut-être certaines personnes tout au bout du rouleau.

- Oui, faut vraiment avoir subi les pires avanies, déceptions et revers pour en arriver là, argumente Monty, et puis, continue-t-il, on a tous un désir, un objectif, un rêve qu'on essaye d'atteindre, de réaliser, des chimères, peut-être, des illusions... quelque chose ou quelqu'un à quoi ou à qui on pense sans arrêt, qui nous aide à nous arracher du lit le matin, à sortir de chez soi, à continuer de vivre.

Et dans son cas, c'est Mona qu'il a toujours et encore en tête. Mona, la belle, la tendre Mona qui collectionne les anciennes cartes postales de vieux villages de la France profonde, très chouettes, et surtout celles de Paris car elle est née dans la capitale et a longtemps habité rue du Ruisseau dans le XVIIIème. Et elle en a quelques-unes, très belles et même poétiques, en noir et blanc, du vieux Paname : de la Butte- aux- cailles, du carreau des Halles, de la place du Tertre, de l'île de la Cité : vestiges d'une époque révolue sombrée à jamais dans le néant.

- Ah, Balou, murmure-t-il, cette fille compte énormément pour moi. Si tu savais comme je me sentais bien avec elle, c'était merveilleux. Sans elle je marche à tâtons, sans sa main dans la mienne, j'erre et titube comme un zombi, sans son souffle, mes forces s'affaiblissent... tu comprends ça toi, non ?

Putain, pense Balou, il a morflé, l'apôtre, il est vraiment mordu, jamais vu ça, c'est grave... Cupidon, ce bâtard aveugle, ne l'a pas loupé. Elle lui a retourné la tête, l'a rendu complètement dingue, voire idiot, ma parole... doit dormir avec sa photo sur l'oreiller en lisant « Nous Deux » et pleurer en écoutant une chanson de Mike Brant ou de Frédéric François. Le type qui a dit que l'amour n'est autre chose qu'une maladie de l'âme avait bien raison... une maladie qui fausse le jugement, altère la personnalité... une maladie qui peut, dans certains cas, dégénérer en affection de longue durée (une ALD) qui nécessite alors un traitement lourd quand le malade tombe dans la dépression, l'alcoolisme, la drogue ou la criminalité après la rupture avec l'être aimé. Mais bon, et heureusement, la plupart du temps, le malade se réveille un beau matin, le cœur léger, les yeux dessillés, délivré et guéri de sa passion asservissante : l'amour s'en est allé, s'est évanoui aussi brusquement qu'il a surgi « *L'amour est un je ne sais quoi, qui vient de je ne sais d'où et qui finit je ne sais quand* » avait écrit une auteure, le malade retrouve alors son individualité et se demande ce qui lui est arrivé et comment il a pu tomber dans ce piège. Monty est jeune et c'est de son âge de mettre tout l'univers dans une femme... ça lui passera et plus vite qu'il ne croit quand elle chutera du piédestal où il l'a placée et puis n'étais-je pas comme lui à son âge ?

Monty, évidemment, n'est pas de l'avis de Balou, bien au contraire, lui, il y croit à l'amour, ok sans dec, fermement et même indécrottablement ! Oui, monsieur le sous-préfet, c'est la stricte vérité ! Écoutez mon garçon, répond le fonctionnaire de l'état, si ça ne vous dérange pas, je vais m'allonger un instant sous la feuillée de ce chêne vert, près de ce parterre de violettes et préparer le discours que je dois prononcer à mes administrés.

- Alors, tu vois, continue Balou, c'est pas la peine de te rendre malade... et puis, va savoir, Mona reviendra peut-être, toute repentante et regrettant son incartade. La vie est si pleine de surprises, elle pirouette à tout va et dans tous les sens sur cette toupie tournoyante qu'est la Terre.

Il saisit son verre, boit un coup, puis :

- Alors tu comprendras que t'avais souffert pour que dalle !

Et il parle d'expérience ! Il connaît la zicmu, Balou le Fataliste : abusé qu'il a été ! Désabusé maintenant ! Et usé par toutes ses espérances et déceptions successives ! A eu son compte ! À présent, il se méfie des sentiments, vit seul peut-être, mais peinard.

- En tout cas, c'est pas pour demain, répond Monty.

Et Balou s'adosse au canapé, se met à bâiller. Il considère un instant Monty, le regard noyé, puis ses yeux se mettent à clignoter, il baisse les paupières et s'endort : terminé, je vous aime !

Et Monty, exténué par les émotions, ne tarde pas à en faire autant puis au bout de vingt minutes, il refait surface, rouvre les yeux, contemple Balou qui dort toujours à poings fermés.

Bon, se dit-il, un brin requinqué par son petit somme, il est temps de se casser. Il s'extrait du fauteuil, souffle les bougies et s'en va.

7

Oyez ! Oyez, bonnes gens ! Tout est calme ! Le vent est tombé ! La nuit est douce ! Le ciel parsemé d'étoiles ! La lune pleine et radieuse ! Et les douze coups de minuit viennent de sonner ! Dormez en paix, bonnes gens, dormez en paix !

Monty quitte le quartier de Balou, remonte, à petits pas, la grande avenue bordée de platanes du centre-ville. Il marche sous la clarté pâle d'un clair de lune romantique qui doit attendrir les amoureux et attrister les esseulés et qui lui fait regretter la présence de Mona. Où est-elle en ce moment ? Que fait-elle ? Est-elle chez elle ? Est-elle chez le motard ? Sont-ils en train de faire l'amour ? Lui arrive-t-il de penser à lui ? Tout à ses interrogations, il quitte l'avenue et oblique dans un quartier chaud de la ville où des noctambules en manque de sexe abordent des tapineuses, où des dealers fourguent leur came et où des SDF cherchent un coin pour dormir. Près du « Majestic Bar », un bar américain, une racoleuse, appuyée contre un mur, vêtue d'un short en jean, exhibe ses longues jambes bronzées. Elle lui sourit, mais lui, perdu dans ses tristes ruminations, passe, indifférent. Indifférent aussi au groupe de jeunes chahuteurs qui le frôlent en s'esclaffant. Il fait encore quelques pas puis s'arrête quand il entend hurler son nom. Il se retourne et aperçoit un homme debout, devant l'entrée d'un immeuble.

Ah, non, par pitié, pas lui ! pense Monty.

- Alors, on reconnaît plus les gens ? s'exclame l'homme.

Monty s'approche, passe devant la boutique d'un tatoueur, puis s'arrête à la hauteur de l'homme qui lui tend la main. Au mur de l'entrée de l'immeuble sont apposées quelques plaques professionnelles dont celle, dorée et gravée de son numéro de téléphone, de l'homme en question : « Basile Labaraque, Tarologue, Chiromancien, Numérologue, Astrologue. Uniquement sur Rendez- vous. »

Il porte une longue tunique noire avec capuche, retenue par une large ceinture à grande boucle où pendent deux chaînettes dorées. Un turban d'une couleur jaune-orangée muni d'un clip fluorescent en forme de cercle enveloppe son crâne et un pendentif avec pentacle pend à son cou.

- Tu vas à un bal masqué ? demande Monty en le voyant affublé de cette tenue saugrenue.

- Non, j'attends une cliente mais elle vient de me téléphoner pour m'annoncer qu'elle sera en retard, alors je suis descendu prendre l'air et qui j'aperçois déambuler, la tête dans les nuages : ce bon vieux Monty... monte 5 minutes qu'on discute un peu... ma cliente ne sera pas là avant une heure.

Monty, contre son gré, suit l'homme. Ancien prothésiste-dentaire, il a plaqué son atelier après un divorce mouvementé, a sombré un moment dans les sables mouvants de l'alcoolisme et quand il a refait surface, s'est lancé dans l'activité improbable de la voyance mais qui lui a plutôt réussi à voir le luxueux appartement qu'il occupe maintenant. Activité donc lucrative, du moins pour lui, qu'il a aussitôt légalisée pour ne pas avoir d'ennuis avec la justice.

Ils pénètrent dans un cabinet feutré aux lumières discrètes, aux lampes voilées, aux fenêtres masquées d'épaisses tentures et meublé d'un canapé, de deux fauteuils et d'une table sur laquelle est étalé un tapis en forme de croix de lorraine imprimé de lames du Tarot. Au mur, en face du canapé, est accrochée une spirale d'hypnotiseur.

Monty s'installe dans le canapé et Basile pousse un fauteuil, s'assoit en face de lui et le dévisage. Basile, à mi-voix :

- Qu'est-ce qui ne va pas, Monty ?

- Tout va très bien, Basile, répond Monty en contemplant la tête enturbanné du vaticinateur au haut de laquelle tremblote une plume aux couleurs éclatantes.

Basile, catégorique :

- Ne mens pas, je sais très bien que ça ne va pas. Ça fait trop longtemps que je te connais, et puis, n'oublie pas, j'ai un don, je suis voyant, un vrai voyant, pas un escroc.

Monty a une moue dubitative. « Est-il sérieux ou joue-t-il la comédie ? Faudrait pas qu'il me mette dans le même sac que les gogos qui viennent le voir ! »

Basile, montrant la spirale, le jeu de Tarot :

- Je sais que tu es sceptique dès qu'on aborde le sujet de ce qu'on appelle le paranormal mais moi aussi je suis sceptique surtout en ce qui concerne le scepticisme et le rationalisme. Aussi on va arrêter de parler un instant : la plupart des paroles qu'on prononce à longueur de journée ne sont, consciemment ou inconsciemment, que des mensonges. On va faire une petite expérience tous les deux, si tu le veux, évidemment, ça ne t'engage à rien et c'est absolument gratuit, qu'en penses-tu ?

- T'as rien à boire ?

Basile se pince le nez puis :

- Un petit thé à la menthe ?

Monty, d'un air las, hoche la tête :

- T'as pas quelque chose de plus costaud ?

- Un petit bourbon, ça te va ?

Monty opine du bonnet. L'extra-lucide se lève, quitte la pièce, la plume frémissante au-dessus du clip fluorescent de son turban. Il revient bientôt avec deux verres, en tend un à Monty. Ils trinquent, boivent.

- Maintenant, dit le chiromancien professionnel inscrit à l'URSSAF, tends tes deux mains vers moi, côté paumes, peut-être que tu ne le sais pas, mais les mains parlent. Elles dévoilent ton identité, non seulement par les empreintes digitales, mais aussi par les lignes de ses paumes et révèlent bien des choses sur ton passé, ton présent, ton avenir.

Il se saisit d'une grosse loupe, et avec l'application d'un entomologiste observant une punaise des bois, examine minutieusement, pendant un long moment, les lignes des deux mains de Monty.

Doit avoir un petit vélo dans la tête, se dit Monty en observant le mage emplumé. Pourtant, malgré sa tenue orientale et son soi-disant don de voyant, il a l'air plutôt normal, l'oracle, mais faut le dire vite et peut-être même très vite.

Basile en posant la loupe :

- Bon, commençons par ce qui préoccupe le plus les consultants qui viennent me voir, à savoir : l'amour. Te connaissant depuis belle lurette, je n'irai pas par quatre chemins. J'ai bien observé ta ligne de cœur et les petites brisures qui la coupent, juste au-dessous de l'auriculaire, tu les vois ?

Monty baisse la tête et Basile les lui désigne :

- Ces petites brisures traduisent des relations amoureuses brèves qui se sont terminées par des petits bleus à l'âme mais sans conséquences traumatisantes. C'est vrai, pense Monty, je n'ai eu, avant Mona, que des relations superficielles, des coucheries sans grande importance ou presque et qui se sont toujours terminées par de brusques ruptures, des dénouements sans esclandre mais qui m'ont laissé quand même un petit goût d'amertume. Mais c'est dans l'air du temps, à ce qu'il paraît : on couche par intérêt, ennui, curiosité, et puis quand on en a assez on va voir ailleurs si on y est, et chacun continue de son côté : à bientôt, bonne continuation, merci pour la visite et va te faire foutre.

Basile ressaisit sa loupe, se penche à nouveau sur les mains de Monty :

- Mais j'y vois surtout, reprend le médium en tenue de carnaval et en relation avec les puissances occultes de l'au-delà, et c'est plus alarmant, une rupture brutale avec une femme aimée.

- Sans blague ?

Basile se lève, fait quelques pas et prend un air grave quand il se tourne vers Monty :

- Oui, une rupture éprouvante qui s'est produit il n'y pas longtemps et qui t'a profondément marqué, est-ce que je me trompe, Monty ?

Monty en regardant sa montre :

- Non, absolument pas, ma copine m'a quitté hier après-midi pour un autre homme.

Basile réfléchit un instant, les mains posées sur la bouche, paume contre paume, puis s'approche de Monty et d'une voix chargée de compassion mais sans modification neurovégétative significative car c'est un pro qui a l'habitude de recevoir des hommes largués et des femmes plaquées :

- Oui, je suis au courant : non seulement les lignes de tes mains me le disent mais tout ton langage corporel le confirme.

Comment le sait-il ? pense Monty, étonné, doit avoir à sa solde des informateurs qui sillonnent la ville, genre les RG d'antan, à moins qu'il n'ait, tout comme Balou, assisté à la triste scène, hier.

- C'est exact, admet-il... par contre, j'aimerais savoir si cette liaison avec cet homme qui roule en Harley Davidson se prolongera dans le temps ?

- Ça, je ne peux te le dire que si j'analysais les mains de ta copine ou celles de son amant. Mais ce que je peux te dire, c'est que sous peu, tu vas faire un voyage, un voyage de courte durée et, probablement, hors de France.

- Mais je n'ai absolument pas l'intention de partir en voyage et encore moins de quitter le pays.

Bon, pense-t-il encore, faut pas sortir de la cuisse de Jupiter pour deviner, en voyant ma tête, que j'ai eu une grosse déconvenue amoureuse. N'importe quel psychologue, même de bas étage, l'aurait compris au premier coup d'œil. Quant à sa prédiction d'un voyage imminent, et en plus hors de France, elle relève de la fantaisie voire du délire. Mais le téléphone sonne.

Basile répond puis coupe son portable :

- Ma cliente arrive dans 5 minutes... imagine-toi que cette femme m'a confié avoir fait une E.M.I.

- Une émi... tu veux dire une émission ? interroge Monty.

- Non, une E.M.I tout court : une Expérience de Mort Imminente.

- Ah, oui, j'en ai entendu parler. Elle était alors à l'hôpital, en service de réanimation ?

- Non, pas du tout. Elle était chez elle, dans son lit, en plein sommeil. En général, ce phénomène ne se produit qu'en état d'anesthésie générale ou de mort clinique, mais il n'est pas exceptionnel que cela arrive dans d'autres circonstances, comme, par exemple, en pleine méditation, surtout en méditation Zen, ce qui est assez courant. Ce phénomène a même bouleversé un de mes clients alors qu'il dégustait tranquillement une bière au zinc d'un bar, ce qui n'est pas courant du tout, et le plus étrange dans cette histoire c'est qu'il s'est retrouvé en état de lévitation, deux mètres au-dessus du bar, son verre à la main, à la grande stupéfaction des autres buveurs.

Devaient tous être torchés à mort dans ce rade, pense Monty en se retenant de sourire.

- Comme s'est élevé, continue Basile d'un ton exalté, Joseph de Cupertino, non pas dans un bar, mais au Vatican et au-dessus du pape sous l'œil éberlué de nombreux témoins ! Et un phénomène tout aussi étrange m'est arrivé un matin pendant que je pêchais la truite au bord d'une rivière : des anges sont apparus dans le ciel et ont déposé à mes côtés un être et cet être, tout habillé de lumière, n'était autre que Swedenborg, oui, Emmanuel Swedenborg, le Grand Mystique, mort en 1772 ! Ceci pour te dire que ce ne sont pas des fables. Donc, cette bonne femme m'a confié qu'après sa décorporation, elle a, au bout du tunnel lumineux, brusquement basculé dans le passé et s'est retrouvée en plein Moyen-Âge où elle a, en compagnie de sa grand-mère âgée de 18 ans et de son père qui, lui, n'avait que 8 ans et demi, rencontré des extra-terrestres à têtes en forme de triangles isocèles vues de face et de trapèzes cylindriques vues de profil et qui l'ont emmenée, avec sa grand-mère et son père, dans la constellation d'Orion après avoir passé la Grande Ourse et fait une virée dans la Chevelure de Bérénice. Puis, après ce voyage interstellaire et ce bref séjour sur la planète des extra-terrestres, une belle et grande planète verte, au ciel d'une pureté infinie, toute recouverte de fleurs magiques aux parfums enivrants et, peuplée, entre autres, d'animaux fabuleux, souriants et dotés de la parole, elle s'est réveillée dans son lit, complètement chamboulée par cette extraordinaire aventure : une transe ecsomatique qui lui a permis de soulever et de prendre dans ses bras son père âgé de 8 ans. Elle lui a aussitôt chanté, après lui avoir fait quelques papouilles, une comptine de circonstance et en anglais, s'il vous plaît, « Twinkle, twinkle, little star » car dans ces états seconds de décorporation, de vie avant la vie et de mixage temporel et même intemporel, on parle toutes les langues, même l'anglais, étonnant, non ? Ce qui a fâché le petit garçon qui lui a rétorqué d'une voix cinglante, et en français : « Tu me parles autrement sinon je te fous une taloche, je suis ton père, ok ? »

Doit drôlement yoyoter de la touffe, le Basile, et être mûr pour l'asile s'il croit à toutes ces sornettes : La vie après la mort ! La vie avant la vie ! La migration des âmes ! Le salut par la foi ! L'accession à la vie éternelle ! N'arriveront jamais à accepter leur mort, leur finitude totale, les humains ! Pathétiques, qu'ils sont ! Prêts à croire n'importe quel bobard ! Il n'y a rien « après », point final !

« Il est parti rejoindre ses vieux complices et doit être là-haut, en train de nous regarder ce soir » disait un présentateur télé en parlant d'un acteur qui venait de casser sa pipe ! » Non mais sans blague, qu'est-ce qu'il ne faut pas entendre ! C'est comme cette femme inconnue qui l'avait abordé un jour dans un bar et qui lui avait dit d'un ton grave, après quelques paroles échangées : « On ne rencontre jamais les gens par hasard. Ils sont destinés à traverser notre chemin pour une raison… »

Oui, c'est ça, ma poule, tu m'en diras tant, avait-il pensé.

- Bon, dit encore le voyant en jetant un œil à sa montre, je ne te retiens pas, mais viens me voir un de ces jours, on tirera le Tarot, tu verras, sa lecture est des plus intéressantes, riches en révélations de toutes sortes… tu en ressortiras retapé, voire métamorphosé.

Monty salue la Pythie du quartier et quitte, soulagé, son superbe appartement. Dans le hall, il croise une femme : une belle femme tout habillée de noir et au regard brillant

91

d'illuminé qu'elle lui jette, il comprend que c'est la cliente, voyageuse des étoiles, qu'attend Basile, l'homme qui lit l'avenir dans les mains, dans le Tarot, dans les constellations, dans le marc de café, dans les nombres et même dans le vol des oiseaux (mais pour les femmes uniquement, pourquoi ? Non lo so, titi carabi, non lo so, toto carabo) et qui pratique aussi le retour dans le passé et l'invocation des morts, oui, madame Galochard, vous ne me croyez pas ? Allez le voir et il vous fera apparaître votre défunt mari. Mon mari Hector ? Pouah ! Ah, non ! répond-elle, n'importe qui mais surtout pas lui, mais qu'est-ce que je vous ai fait pour que vous m'en vouliez autant ?

Putain, pense Monty, il ne va pas s'ennuyer le mage pour noces et banquets avec la dame en noir.

8

Il quitte l'immeuble, s'enfonce dans les rues puis s'arrête à la grille d'un jardin public. Il pousse le portail, pénètre dans le parc et jette un regard sur les allées, les pelouses, les charmilles encore éclairées par la lumière blanche des luminaires car, pendant l'été et surtout les jours de canicule, le parc reste ouvert et les lampadaires ne s'éteignent que tard dans la soirée afin que les riverains puissent prendre l'air et se rafraîchir un peu.

Mona appréciait beaucoup cet espace verdoyant, arboré, fleuri et y venait souvent. Alors, pris de nostalgie, il s'assoit sur un banc et la revoit, assise, l'œil rêveur, absorbée dans la contemplation apaisante du ciel, des fleurs, des arbres, de la fontaine puis, une fois rassasiée du spectacle, elle ouvrait un livre et lisait. Et quand il arrivait et s'approchait d'elle, elle lui souriait. Alors, aux anges, il s'asseyait à côté d'elle, l'embrassait, la dévisageait.

Mais soudain, son attention est sollicitée par un remuement de branches. Il tourne la tête et voit apparaître au détour d'un arbre, un épicéa lui semble-t-il, une silhouette blanchâtre. Homme ? Femme ? Il ne sait. Vêtue d'une ample tunique blanche ornée de gros boutons noirs, aux longues manches cachant les mains, l'apparition, au cou entouré d'une large collerette claire liserée d'une bande noire, s'approche lentement puis s'arrête, les bras ballants, non loin du banc où est assis Monty.

Son visage est grimé d'une épaisse peinture blanche, ses sourcils accentués d'un fard noir, sa bouche recouverte d'un rouge sanglant. Il balance légèrement son corps de gauche à droite, fixe Monty en posant un index sur ses lèvres puis le retire lentement et se met à sourire largement.

Soudain, cette espèce de Pierrot lunaire,
surgi de la nuit, souriant et mutique, tourne
sur lui-même en s'appuyant sur un pied et
se met… se met… se met à danser !
Oui, il danse !
Avec élégance, souplesse, légèreté, grâce !
Ses jambes se lèvent, s'abaissent, se
tendent, ses bras suivent le mouvement et
il tournoie, cabriole, pirouette !
Et cette étrange chorégraphie dure un
moment !
Puis d'un pas léger, sur la pointe des pieds,
il s'avance doucement vers Monty, se
penche, approche son visage enfariné tout

près du sien et lui offre un grand sourire
radieux et reconnaissant.

Mais soudain, les lumières du parc
s'éteignent.

Alors le danseur se redresse, recule, fait une courbette de salut en fléchissant les genoux et en ouvrant les bras. Puis il effectue une ultime arabesque et disparaît sous la clarté de la pleine lune.

Voilà, la pantomime est terminée. Et Monty reste encore assis un moment, pensif. Puis il s'arrache brusquement du banc.

Quelle journée !

Il est peut-être temps de rentrer, se dit-il encore en poussant un grand soupir.

9

Sur le chemin du retour, il aperçoit l'enseigne lumineuse et clignotante en forme de guitare du « Granada », un soi-disant club privé mais ouvert à tout le monde et qu'il fréquente de temps en temps avec Arnaud. Il décide d'y faire une halte et d'y boire un dernier verre. Il sonne à la porte de la boîte. Un judas s'ouvre. Apparaît alors le visage outrageusement maquillé de la tenancière, une femme d'une cinquantaine d'années, nommée Paloma. Elle le reconnaît, ses lèvres ripolinées, couleur chou rouge, s'étirent dans un grand sourire et elle le laisse entrer. Après avoir écarté une tenture, ils pénètrent dans une salle où retentit de la musique disco. Monty va directement au comptoir où la barmaid, nommée Yolande, l'accueille d'un clin d'œil de bienvenue. Il commande un bourbon et, après avoir échangé quelques mots avec la serveuse, jette un œil autour de lui : pas grand monde dans la taule, quelques solitaires, terrassés par l'ennui et échoués là, noient leur désœuvrement dans l'alcool en déballant leurs misères à des entraîneuses. Quant à la petite piste de danse circulaire, au centre de la salle, elle est pour le moment déserte. Son regard s'attarde un instant sur les posters qui, entre les spots, décorent les murs. Surtout des vedettes américaines : Jimmy Cagney, Humphrey Bogart, Marilyn Monroe, Rita Hayworth, James Dean, entre autres. Puis il aperçoit, debout, au bout du long comptoir, une silhouette connue. C'est Rollo, un gars de la Martinique qui tenait un petit troquet près de la gare SNCF. Et depuis qu'il a largué son affaire, il est toujours là, au « Granada », fidèle au poste, seul et toujours à la même place. Il passe ses nuits dans la boîte en sirotant, dans une raideur majestueuse, des cocktails au rhum puis, au fur et à mesure que la nuit avance, son activité motrice se raréfie et il reste comme pétrifié, à sa place, au bout du comptoir, comme s'il avait croisé le regard de la Méduse. C'est un buveur au long cours, qui a l'habitude de toujours vider ses verres en deux gorgées, surnommé « L'Alambic », mais que personne n'a jamais vu ivre. Et ce n'est qu'au petit matin et avant que le soleil ne se lève que, à l'instar des vampires, il rentre chez lui d'un pas pesant. Puis vers onze heures minuit, on le voit réapparaître, toujours aussi raide et taciturne. Un type dont l'indifférence imperturbable a toujours allumé la curiosité de Monty, sociable et émotif. Pas un mauvais gars, Rollo, mais indifférent : on l'a roulé, trahi, volé, calomnié, licencié, cocufié, insulté, largué ! Et s'il a souffert, à présent, il s'en fout royalement. Il est au-delà de tout, maintenant. Une indifférence qui est peut-être, au fond, sa force, une indifférence plus souveraine que la haine qui, elle, n'engendre que colères et drames. Et plus souveraine encore que le mépris. Ne serait-il pas, lui, l'incarnation du slogan de Stendhal, le fameux « SFCDT » dont parlait Balou, l'homme aux six doigts à chaque main.

Ah, puissé-je être comme lui ! Que plus rien n'ait de prise sur moi, que de souffrances cela m'épargnerait ! pense Monty.

Mais la sonnerie de la porte d'entrée se fait entendre. La patronne va ouvrir et pousse des exclamations de surprise. Elle tire la tenture et laisse passer plusieurs individus hilares et bruyants. Le premier qui pénètre dans la salle pousse un tonitruant « Hello, guys ! » C'est un colosse tout en muscles, aux biceps gonflés et tatoués : l'un d'une ancre, l'autre d'une pin-up. Il a une tête massive d'homme des cavernes encadrée d'une épaisse chevelure noire aux mèches à la pendarde. Ne lui manque plus que la peau de bête sur l'épaule pour avoir l'air d'un néandertalien échappé du paléolithique. Il est suivi d'un noir, à la stature tout aussi imposante, portant un t-shirt à l'effigie de Mickey Mouse et exhibant une formidable dentition d'une blancheur éblouissante. Les deux autres individus, aux crânes rasés et à têtes de statues de l'île de la Tortue, sont du même acabit et n'ont pas l'air d'avoir obtenu le dernier prix Nobel de physique ni d'être (et heureusement pour eux) des docteurs en philosophie. Probablement des matelots amerloques en goguette. L'un a le visage tatoué de jolies arabesques, l'autre porte des boucles d'oreilles comme les pirates des romans d'aventures, tout juste s'il n'a pas une jambe de bois et un crochet au bout du bras en guise de main.

Ils s'agglutinent au comptoir, commandent à boire, discutent en s'éclatant, vident leurs verres, recommandent une tournée. La barmaid voyant que ces nouveaux clients boivent comme des éviers débouchés accroche une nouvelle bouteille de whisky à un doseur du support mural. Puis le colosse se tourne vers Monty, s'approche, le dévisage en silence et contemple le verre qu'il tient à la main.

Putain, se dit Monty mal à l'aise sur son tabouret, ça ne va pas recommencer comme à « L'Avant-Dernier ». Le colosse, brut de décoffrage, dans un français écorché :

- C'est quoi que tu drink, petit homme ?

Monty en remarquant que le mot « Mektoub » est tatoué sur son avant-bras :

- Bourbon, balbutie-t-il.

- Great ! s'exclame le baraqué en lui claquant l'épaule de son énorme pogne tapissée de poils touffus, j'apprécie a lot, you know.

Monty lève la tête, contemple la tête carrée du néandertalien en se demandant où il a pu bien fourrer sa massue et son couteau en pierre taillée.

- I am American, confie le géant en le regardant de ses yeux enfoncés aux prunelles de chat-huant cernés de bistre, barmaid, give him another glass, s'écrie-t-il.

La serveuse ressert Monty. Le colosse : « Do you know, little man, que le bourbon est américain ?

- Yes, yes, I know, s'empresse de dire Monty.

- Dieu aussi est américain ! proclame-t-il.

Monty acquiesce d'un hochement de tête :

- Du Kentucky, comme le bourbon, non ?

Le colosse aux mâchoires de gorille :

- On dit que les frenchies ne pas croire en Dieu... Ils sont être athées. Crois-tu en Dieu ?

- Diable, en voilà une question ! Bien sûr que j'y crois ! Je ne fais que ça ! J'ai mon prie-Dieu dans la voiture, mon rosaire sur ma table de chevet et je fais mes dévotions tous les soirs avant de me coucher et après avoir parcouru mon paroissien.

- Le géant américain esquisse un sourire tortueux.

Monty lève le verre que lui a offert l'homme :

- Dominus vobiscum, lance-t-il.

- Et cum spiritu tuo, répond le géant au grand ébahissement de Monty.

- Moi, Teddy, continue l'Américain en se tapotant le poitrail de la main.

- Moi, Jane, non, excuse, moi : Monty.

- Nice to meet you, Monty.

- Me too, Teddy.

Teddy, que ses amis marins appellent Teddy the Red, tourne la tête et observe curieusement Rollo qui a définitivement pris racine au bout du comptoir, raide comme la statue du Commandeur et superbe dans son indifférence froide et son silence stoïque.

Alors se produit un événement considérable, voire extraordinaire : Rollo fait un mouvement de la tête, regarde le colosse américain de la tête aux pieds, hausse les épaules et reprend sa position initiale.

Teddy va pour l'aborder quand une pimpante entraîneuse à la démarche chaloupée, aux formes onduleuses, aux longs cils frémissants et au sourire triomphal de walkyrie, ou de vache qui rit, provoque l'émoi en apparaissant dans son espace visuel.

- Hey, girl ! s'exclame-t-il.

- Hey, boy, si t'as besoin de compagnie, je peux t'en offrir.

- No problem, rétorque Teddy en jetant un regard à ses seins king size fièrement dressés et à peine voilés dans leur armature pigeonnante.

- My name is Rosetta.

- Ok, Rosetta, have a drink… my name is Teddy.

Voilà, les présentations sont faites, sans ambages, fioritures et tralala. La barmaid tire une bouteille de champagne du frigo et l'enfonce dans un seau à glace.

- Come boy, follow me, fait Rosetta à Teddy.

-Elle s'éloigne et Teddy en jetant un regard à la partie la plus charnue de son anatomie :

- She is a nice kid, dit-il en se retournant vers Monty et en lui faisant un clin d'œil tout en brandissant son énorme pouce à l'ongle noirâtre.

Il la suit et tous deux s'installent dans des poufs à côté d'une petite table basse tandis que deux autres hôtesses s'occupent des acolytes de l'Américain restés au comptoir.

-Violetta est là ? demande Monty à la barmaid qui vient de poser la bouteille de champagne sur la tablette de Rosetta et de Teddy.

- Oui, dans l'arrière-salle.

Violetta est la sœur aînée de la patronne. C'est une ancienne danseuse, non pas de l'Opéra National de Paris, mais une danseuse, maintenant à la retraite, d'un cabaret connu de la capitale. Et quand sa petite frangine a pris le « Granada » en gérance, elle l'a suivie et passe la plupart de ses nuits dans la boîte. La première fois que Monty l'a vue, elle était assise, avec son chien, à la terrasse d'une grande brasserie de l'Avenue. Ils ont discuté, sympathisé et puis se sont revus, de temps en temps, au « Granada » le plus souvent, et plusieurs fois même, à la fermeture de la boîte, il l'a raccompagnée chez elle par les rues désertes et, une fois arrivés, ils buvaient un café ou un thé, avec toujours le chien à côté d'eux, couché sur le tapis.

Monty saisit son verre et va dans l'arrière-salle où dans un box noyé de pénombre, un couple s'embrasse et se tripote avec frénésie. Violetta est assise à sa place habituelle, son chien, espèce de bouledogue à la gueule écrasée, assis à ses pieds. Le visage de l'ex-danseuse s'épanouit quand elle aperçoit Monty :

- Contente de te voir, mon ami, tu te fais tellement rare ces derniers temps.

Monty s'assoit à ses côtés et observe le bouledogue aux babines pendantes qui bave comme une serpillière qu'on sort d'un seau d'eau. Pas très appétissant, pense Monty mais cela ne gêne aucunement Violetta, bien au contraire : elle trouve que cette bave ruisselante fait partie du charme de son cador.

Puis le regard de Monty s'attarde un instant sur le visage de l'ex-danseuse.

- Comment me trouves-tu ? demande-t-elle.

- Tu as bonne mine et on dirait même que tu rajeunis.

- Si tu ne te moques pas de moi et si tu ne le répètes à personne, je te dis mon secret, un secret que m'a révélé ma grand-mère.

- Ok, promis.

- Voilà, dit-elle, je soigne ma peau en imbibant ma lotion hydratante avec de l'urine et parfois j'en mets même dans mon thé.

- C'est efficace et aussi écolo, admet Monty. Et certaines femmes de ton âge aux visages trop fripés devraient en faire autant, ajoute-t-il pour faire plaisir à l'ex-danseuse qui sourit alors, ravie.

- Comment vont les amours, Monty ?

- Ça va bien, ment-il.

Mais on ne trompe pas une femme comme Violetta. Des amours, elle en a eu. Des flopées. Alors les hommes, elle connaît. Et si elle n'a pas vu Monty depuis des mois, c'est sûrement parce qu'il s'est entiché d'une nana et dans ce cas, on néglige ses relations. Et quand la situation, sur le plan sentimental, se dégrade, on renoue contact. Elle dévisage Monty, pose sa main sur la sienne :

- Tiens, il faut que je te montre quelque chose.

Elle farfouille dans son sac à main, en tire une photo, la lui tend :

- C'est moi, dit-elle, quand j'avais ton âge.

Monty examine le portrait en noir et blanc. On y voit un visage légèrement allongé à la peau lisse, aux cheveux rejetés en arrière avec des mèches lâches, aux sourcils soulignés, à la bouche close, à la nuque découverte entourée d'un collier et au regard voilé de mélancolie. Un visage au charme troublant qui le laisse admiratif.

- Comme tu étais belle, dis donc ! s'écrie-t-il, t'as dû en faire craquer des hommes. Et ils devaient se bousculer devant ta loge.

- Tu vois, si je t'avais connu à cette époque- là, tu m'aurais bien plu.

- Mais pas autant que moi.

- C'est vrai ?

- Pour sûr.

Puis Violetta parle de sa jeunesse faste, des cabarets où elle travaillait autrefois, de ses amies les danseuses et des repas qu'elles faisaient, au petit matin, après le taf, dans des restaurants dont elle se rappelle les noms : le « Cintra », le « Sinclair », le « Cantalou », le « Bodega » en compagnie d'artistes : des personnes de tous les sexes, homos, travestis, bisexuels et même hétéros… tutti frutti, en somme… et toujours dans une ambiance bruyante, joyeuse et pleine d'éclats de rire.

Et Monty, attentif, l'écoute, car jamais il ne montre de l'impatience quand une personne âgée lui raconte des épisodes de sa vie, pourvu que ladite personne ne soit pas trop déglinguée, qu'elle ne sente pas trop la naphtaline ou qu'elle ne roule pas sur la jante, abîmée par la vie, cette vachasse. Et puis l'ex-danseuse est si attendrissante qu'il prête volontiers l'oreille à ses réminiscences.

Puis Violetta se tait, a un coup de barre, s'assoupit légèrement. Alors Monty se lève, la considère un instant et retourne au bar.

Il y a à présent plus de monde dans la boîte et il y règne une effervescence confuse provoquée par Teddy, le bourlingueur des mers et océans qui a traîné sa carcasse dans tous les ports du monde : Hambourg, Valparaiso, Anvers, Tampico, Marseille, Amsterdam, Shanghai ! Un spectacle peu banal commence, un spectacle qui laisse tout le monde bouche bée. Teddy, centre de l'attention, entouré de ses amis matelots, des trois entraîneuses et des clients, à l'exception de Rollo, immobile et hermétique dans son magistral détachement et que certains doivent prendre, en le voyant figé sur son tabouret au bout du comptoir, pour un mannequin de cire, Teddy donc, écrase d'abord sa cigarette dans la paume de sa main puissante de docker puis, après l'avoir balancée dans un cendrier, éclate un verre sur le comptoir et le réduit en miettes. Il porte ensuite des morceaux de verres pilés à sa bouche et les mâchouille lentement, avec application. Puis, le visage contracté, il les avale sous le regard stupéfait des clients. Une fois les débris de verre disparus dans ses entrailles, il réclame un morceau de mie de pain, afin, explique-t-il dans son langage, que les éclats de verre ne lui déchirent pas les tripes ou le trou de balle.

Paloma traite Teddy de grand dingue inconscient mais offre une nouvelle tournée au croqueur de verre et à ses copains matelots.

- Cheers, fuck faces ! s'écrie Teddy en levant son verre sous les applaudissements.

- Et celui-là, tu ne me le bouffes pas, s'écrie Paloma ?

On trinque, on commente, on rigole puis on se disperse. Certains vont s'affaler dans les poufs, d'autres vont sur la piste de danse et commencent à gesticuler dans tous les sens comme pris de la danse de Saint-Guy sous la lumière clignotante des spots et sous les décibels de la musique. Mais quand raisonne une chanson de Gloria Gaynor (non, ce n'est pas le célébrissime « I will survive »), le cafard ressaisit Monty : c'était leur chanson, à Mona et à lui.

« Oh, Mona ! C'est à toi que je pense ! À toi ! À ta simplicité exquise ! À ta douceur capiteuse ! » Et quand il la revoit dans les bras du motard, son chagrin, masse informe, pesante, lancinante, s'exacerbe, devient de plus en plus virulent ! Le tient et ne le lâche plus ! Il a l'impression qu'un abîme s'ouvre en lui et qu'il va y sombrer ! Et il a mal ! Alors il va directement au bar, commande un bourbon, l'avale cul sec ! En commande un autre ! Puis un troisième ! Pour noyer cette souffrance qui se diffuse dans sa poitrine ! Avec une envie de se démolir, de se détruire, de se foutre en l'air ! Mais la tête lui tourne ! Il paye ses consos, quitte la boîte sans s'apercevoir qu'une femme, dans la cohue des danseurs, l'observe en douce. Et il marche, marche, marche.

Dans la nuit…

Dans sa nuit…

Mais ses jambes bientôt ne le soutiennent plus ! Le sol se dérobe sous ses pas ! La chaussée se soulève ! S'abaisse ! Son champ de vision se rétrécit ! S'obscurcit ! Il chancelle, se retient à un mur, heurte un banc, se met à transpirer ! Des relents saumâtres, nauséeux, lui empestent la bouche : c'est tout l'alcool qu'il a bu qui remonte soudain à la surface : cognac, armagnac, bière, vin, bourbon !

« Tu es soûl, mon mec, complètement soûl ! »

Pris d'un malaise, le visage blême, il traverse la rue en titubant, s'effondre derrière un abribus et se met à vomir à longs jets : par où s'est entré, ça ressort, pense-t-il amèrement. Il reste un moment allongé dans l'odeur âcre des vomissures, les cheveux collés par la sueur puis, vidé, la bouche pâteuse, se redresse et se couche en hoquetant sur le banc de l'abribus. Des pièces de monnaie tombent de la poche de son pantalon et s'éparpillent au sol. De la main, il s'essuie la bouche et contemple l'affiche publicitaire placardée sur le panneau de l'abri : une belle blonde, les épaules dénudées, les yeux fermés, semble humer, dans un sourire ravi, les effluves d'un flacon de parfum débouché.

Il laisse courir son imagination, soliloque, rit, débloque ! Toutes sortes d'images lui traversent l'esprit : il voit Mona, dans l'appart, portant son short noir liseré de bandes blanches, au restau, vêtue de sa belle robe imprimée ou couchée, endormie, les cheveux défaits ! Puis il se met à élucubrer : « Tu sais, Mona, je t'ai trouvé une vieille carte postale, en noir et blanc, du port du Lavandou où tu étais en vacances quand t'étais gamine et même une autre, de Dordogne, où t'as passé une quinzaine chez tata Rose dont le mari Alphonse est garde-chasse là-bas… ». Il tire la photo de Mona de la poche intérieure de sa veste, la contemple : « Oh, Mona, bafouille-t-il, sois prudente au volant, il y a un nouveau rond-point au carrefour des Quatre Chemins et puis, dit-il en

110

levant l'index, ne mange pas trop de fruits de mer et d'huîtres, la dernière fois, ça t'a rendue malade et couvre-toi quand tu sors : les soirées sont plus fraîches maintenant. »

Et entre deux hoquets il continue de palabrer, de bafouiller, de divaguer, puis il se met à chantonner. Cadet Rousselle qu'il chante ! Comme quand il était môme ! Et en répétant les « bis ». Et il a l'impression, à un moment donné, que la blonde aux lèvres cyclamen de la pub se penche vers lui et qu'elle lui parle doucement. Cadet Rousselle a trois maisons, balbutie-t-il, tu le savais toi, oui, trois maisons et qui n'ont ni poutres, ni chevrons, et je peux même te dire que Cadet Rousselle a aussi trois beaux chapeaux, oui c'est vrai, et le troisième a deux cornes, oui, ma belle, deux superbes cornes, tout comme moi. Ah, ah, ah, Cadet Rousselle est bon enfant et moi, je suis le roi des jobards, et Mona, dis, tu connais Mona ? Ah, Mona... elle est rousse comme une forêt en automne et sa peau est lumineuse comme la neige qui vient de tomber... Quoi ? Faut partir ? Partir, pourquoi faire ? Et partir pour aller où ? Où ça ? Répète ? Ah, bon, tu crois ? Oui, t'as peut-être raison, barrons-nous d'ici, de toute façon, j'en ai plus rien à braire... ici ou ailleurs, c'est kif-kif bourriquot.

Alors il se relève, essaie de se tenir debout, puis repart en marmonnant et en se déplaçant de la même manière que se déplace le cavalier sur un jeu d'échecs.

10

Quand il ouvre les yeux, il se redresse à demi et appuyé sur un coude, regarde autour de lui : il est couché dans un lit, dans une chambre à la fenêtre aux volets rabattus. Une chambre propre, meublée d'une penderie à glace, d'une petite table, d'un fauteuil et d'une télé fixée à un mur décoré d'une tapisserie à fleurs. Une chambre vide de tout objet particulier, une chambre impersonnelle. Une chambre d'hôtel, pense-t-il. Où suis-je ? Comment ai-je atterri là ? se demande-t-il encore en regardant l'heure sur sa montre. Il se laisse retomber sur l'oreiller et réfléchit. Des images lui reviennent. La première chose qu'il revoit, c'est Mona s'en allant au bras du motard. Puis les roses rouges posées sur le banc du parc, mais aussi le cabinet de travail de l'écrivain, le dénommé Balou agitant ses mains devant lui en chantant « Ainsi font, font-font les petites marionnettes » Puis tout devient plus flou, il se rappelle quand même l'étrange ballet du danseur nocturne et surtout le matelot américain croquant un verre. Puis c'est le trou noir.

Il aperçoit ses fringues posées sur le fauteuil. Il se lève et pieds nus, vêtu de son seul slip va dans la salle d'eau, se passe de l'eau sur le visage et se contemple dans la glace en secouant la tête : « Putain, c'est pas vrai, comment suis-je arrivé là ? »

Il retourne dans la chambre, pousse les rideaux de la fenêtre, regarde par les interstices des volets, ne reconnaît pas la rue et les immeubles qu'il entraperçoit. Il va vers ses fringues, fouille ses poches, ouvre son portefeuille. Bon, on ne l'a pas dépouillé de son fric, enfin de ce qu'il en reste après sa bordée. Sa carte bancaire est là ainsi que les clés de l'appart dans la poche de sa veste. Soulagé, il pousse un soupir et retourne dans la salle de bain et, cette fois, sous la douche, comme pour se débarrasser des souillures de sa cuite, se lave à grande eau en se frottant vigoureusement. Récuré à fond, il s'assoit au bord du lit et regarde le téléphone posé sur la table de chevet.

« Et si j'appelais la réception ? »

Mais des pas résonnent à l'extérieur. Puis c'est le silence : quelqu'un vient de s'arrêter devant la porte. Il se glisse sous les draps alors que la porte s'ouvre et qu'apparaît une femme : une femme aux cheveux d'une blondeur ophélienne, aux yeux d'un bleu tendre et il se demande s'il n'a pas la berlue quand il voit la superbe créature s'approcher, s'asseoir au bord du lit et le dévisager.

- Comment va ? demande-t-elle.

Monty : « J'ai connu des jours meilleurs. »

Et il se demande, en contemplant la blondeur des cheveux et la couleur bleu pastel des yeux de la femme, s'il ne s'est pas réveillé quelque part, dans un hôtel, au fin fond d'un pays de la Scandinavie.

Qui êtes-vous ? balbutie-t-il ?

- Je m'appelle Maëlle et tu peux me tutoyer... nous nous sommes déjà vus.

Et il lui semble aussi l'avoir déjà aperçue, mais où ? Et puis, ça lui revient. Il se revoit allongé sur la banquette de l'abribus en train de contempler la femme du panneau publicitaire. Dans son esprit embrouillé par l'alcool, il ne s'était pas rendu compte que la femme, qui est là, assise sur le lit à côté de lui, se trouvait dans l'abribus, bien réelle, et qu'il avait dû, en pleine dérive, la confondre avec la femme de l'affiche. Et cette femme n'est autre que celle qu'il a vue ce triste et fatal dimanche au bar des « Nations », celle qui portait un pantalon en cuir et un court sous-pull, celle dont le nombril était décoré d'un bijou.

Maëlle : « Tu ne me reconnais pas ?

- Si, je sais qui tu es : tu es la femme de Valence.

- Exact, je suis la femme de celui qui t'a fauché ta copine.

- Où suis-je ?

- Hôtel du « Petit-Paris », derrière l'Avenue.

- Comment ai-je atterri ici ?

- Je t'ai vu au « Granada », t'avais l'air si malheureux et désespéré que ça m'a fendu le cœur. Alors quand t'as quitté la boîte, je t'ai suivi... j'avais peur que tu fasses une connerie surtout quand j'ai vu que tu te dirigeais vers la gare SNCF. Si ça trouve, je me suis dit, il va se jeter sous un train... puis tu t'es écroulé derrière un abribus... et j'ai eu tout le mal du monde à te traîner jusqu'à l'hôtel.

Les femmes sont bizarres, pense Monty. Voilà une nana qui ne le connaît pas et qui s'occupe de lui parce qu'il a un chagrin d'amour, un gros chagrin certes, et qui craint qu'il ne s'envoie de l'autre côté. Étrange, non ?

Maëlle : « Et tout le long du chemin, en pleine perdition, tu marmonnais des mots sans suite mais toujours le nom de Mona venait et revenait à ta bouche. Mona par-ci, Mona par-là, et une fois à l'hôtel, ce fut tout un cirque pour te mettre au lit. Et puis tu t'es endormi comme une masse, assommé par ta biture.

Mais on frappe à la porte. Entre une femme de chambre. Elle apporte le plateau du petit déjeuner (à deux heures de l'après-midi, c'est pas courant), le pose sur la table et s'en va.

Maëlle remplit une tasse de café et la tend à Monty puis elle lui amène la corbeille de croissants.

- Mange, dit-elle.

- J'ai pas faim.

- T'as une épine dans le cœur, s'agit pas de se laisser aller, alors mange.

Monty la dévisage, mord dans le croissant, puis :

- Tu es toujours avec ce Valence ?

- Non, c'est fini. J'étais très amoureuse de lui. Que veux-tu, on ne peut le voir sans être attiré par lui, mais il joue avec les cœurs. Il prend et ne donne jamais... et quand il en a assez, il largue, et sans ménagement. Mais la roue tourne et c'est moi qui l'ai plaqué. C'est la première fois qu'une femme le largue et il n'a pas apprécié. Depuis il essaye de reprendre contact et n'arrête pas de m'appeler. Qu'il aille à présent au diable.

Et elle tend un autre croissant à Monty :

- T'as un enfant avec Mona ?

- Non.

- Alors un conseil, fais comme moi : oublie si tu veux vivre.

Soudain, une idée traverse l'esprit de Monty. Une idée qui le ragaillardit ! Qui l'exalte ! Il se redresse, s'approche de Maëlle, la regarde :

- Est-ce que tu es libre ces prochains jours ?

- Libre comme l'air.

- Ça te dirait de passer quelques jours de vacances avec moi ?

Elle le toise, étonnée, puis :

- Où ?

- En Espagne, en Italie, au Portugal, où tu veux... faut que je change impérativement d'air quelque temps sinon je sombre dans une déprime noire.

- Belle résolution ! Le jet de vapeur pour décompresser ! Sinon la cocotte risque d'exploser ! Moi c'est pareil, faut que je me tire d'ici, je suffoque... cette ville me rappelle trop de souvenirs.

- À moi aussi... alors, t'es partante ?

- Pour sûr... l'Italie me plairait assez... j'ai jamais vu Venise...

Puis l'œil rêveur : - J'ai toujours rêvé de faire une balade romantique en gondole.

- Alors banco pour Venise. Tu sais comment on va procéder : je fonce à la banque, retire un max de fric, puis on va chez toi prendre quelques affaires, on saute dans ma caisse et on se casse vite fait de cette ville. Et à nous Venise, la place Saint Marc, les gondoles, le Grand Canal et les repas dans les petits restaus.

Soudain, il revoit Basile, le chiromancien, dans son accoutrement extravagant : il ne s'est pas planté, le mage au plumet, quand il lui a prédit un voyage imminent ! Et hors de France, en plus ! Quelle intuition ! Ou quel coup de bol ! Il en reste tout estomaqué !

- Ok, ça me va tout à fait, dit Maëlle, on va recoller les morceaux ensemble.

Et elle a raison, pense Monty, car cette incartade de Mona l'a affecté et pas qu'un peu, et il n'est pas le seul à avoir le cœur en écharpe... Maëlle, elle aussi, a eu son compte et il se dit qu'ils ont l'air bien pitoyable tous les deux, avec leurs amours à la dérive, dans cette chambre anonyme de l'hôtel du « Petit-Paris », l'hôtel des cœurs brisés, oui ! Elle s'approche de lui, le toise :

- Je peux te dire autre chose ?

- Vas-y.

Elle attend un moment avant de répondre :

- Valence baise ta femme, alors baise la sienne. Et déterminée, elle se défringue, balance ses nippes au sol et se couche à côté de Monty qui n'en croit pas ses yeux !

Merde, se dit-il, elle ne perd pas de temps, la donzelle !

N'est-ce pas cela qu'on appelle, dans la Bible, la loi du talion ?

Elle le dévisage un instant puis s'approche, l'embrasse.

« On va recoller les morceaux ensemble », qu'elle a dit. Serait-ce la mise en application de cette proposition qui commence ? Certainement, pense Monty. Il revoit Mona dans les bras du motard, alors, hein, quoi, merde, bordel, il lui rend son baiser, par dépit et avec rage. Et ce qui se passe alors relève trop de l'intime pour que ce soit relaté dans ce récit d'une grande rigueur morale.

Puis Maëlle va se refaire une beauté dans la salle d'eau pendant que Monty, complètement épuisé par leur étreinte (sa cuite de la veille n'y est pas étrangère) le cœur encore battant et les traits creusés, se rhabille lentement. Puis il saisit sa veste, sort son portefeuille, tire la photo de Mona : « Tu vois Mona, Maëlle est belle, mais elle n'a pas l'infinie douceur de ton regard et de ton sourire... et toi, tu étais, tu es et tu seras toujours la seule femme que j'ai aimée, que j'aime et que j'aimerai. Tu es entrée en moi et tu n'en sortiras plus. Tout le monde peut se tromper, tout le monde peut faire des erreurs mais l'amour supporte tout, même un écart, l'amour pardonne, l'amour est bonté et je t'ai déjà pardonné. Et si tu reviens, je te dirai : je t'attendais. Balou a raison : un ruban rouge, lien indissoluble, me relie à toi et nous nous retrouverons bientôt pour ne plus nous quitter... »

Oui, madame Michu, Monty en est persuadé !

- Et il est bien le seul ! répond madame Michu d'un ton sec.

- On peut quand même rêver, madame Michu, non ?

- Pour sûr, chacun sa chimère, mais plus dure sera la chute ! assène-t-elle encore en hochant la tête.

Voilà, et l'auteur, à la grande déception de ses lectrices et de ses lecteurs, arrête là son récit, mais ayant la dalle, il sort récupérer la pizza qu'il a commandée, une quatre saisons pour info.

Faut bien bouffer, non ?

FIN

L'extrait de poème cité dans ce récit est de : Paul Verlaine : Colloque sentimental. La légende du ruban rouge est relatée dans le livre de Marcelle Sauvageot : « Laissez-moi ». Et un clin d'œil à Alphonse Daudet et Frédéric Dard, dit San-Antonio.

Playlist :

Fred Gouin-Ramona (Mabel Wayne).

Achevé d'imprimer en Europe en 2023
Pour les éditions La Gauloise

Dépôt légal 3è trimestre 2023

ISBN : 978-2-38353- 038- 1 - ISSN ; 2677-4887